Kosmische Angst

Fröhliche Wissenschaft 192

Daniel Illger

Kosmische Angst

 Matthes & Seitz Berlin

Für Hermann

Even Nothing cannot last forever.
Neil Gaiman

Inhalt

Das schwarze und das weiße Nichts

1.

Ein Kind liegt im Bett. Die Wohnung ist still und dunkel. Von draußen scheint etwas Laternenlicht ins Zimmer. Das Kind liegt und denkt. Es denkt an den Tod. Woher kommt der Gedanke an den Tod? Vielleicht ist die Katze von einem Auto überfahren worden, vielleicht ist der Großvater krank. Jedenfalls ist er auf einmal da: ein neuer, fremder Gedanke.

Wenn das Kind an den Tod der anderen denkt, spürt es einen Schmerz, der Flauheit im Magen auslöst. Vor allem gilt das für den Tod der Eltern. Da ist eine große Abwesenheit, ein Loch in der Welt. Dem Kind kommen die Tränen, als es sich diesen Zerfall, diese Abwesenheit vorstellt. Aber der Gedanke an den Tod ist hartnäckig, wer ihn einmal gedacht hat, wird ihn so schnell nicht wieder los. Wenn man schon an den Tod denken muss, ist es möglicherweise leichter, den eigenen Tod zu denken?

Tatsächlich: Der Gedanke an den Tod verwandelt sich, sobald es nicht mehr um den Tod der Eltern geht, sondern um den eigenen Tod. In gewisser Weise verwandelt sich sogar der Tod selbst. Natürlich tut es weh, an den eigenen Tod zu denken. Man wird niemals wieder Geburtstag oder Weihnachten feiern, niemals wieder mit den Freundinnen oder Freunden zusammen sein, niemals wieder Eis oder Spaghetti essen. Aber das ist ein anderer Schmerz, als ihn die Vorstellung vom Tod der Eltern auslöst. Für das Kind ist der eigene Tod nämlich zunächst und vor allem ein unlösbares Rätsel.

»Wenn ich tot bin, bin ich nicht mehr da«, denkt das Kind. So etwas zu denken ist grausig, aber zugleich auch aufregend. Es ist verbunden mit einem berauschenden Schwindel, wie ihn eine Fahrt auf der Achterbahn hervorruft. Das Berauschende rührt daher, dass die Gedanken, die das Kind denkt, in sich einen Widerspruch tragen, der im Denken selbst begründet liegt. Es spürt, dass seine Gedanken fehlerhaft sind, doch dass sich der Fehler, der hier in Rede steht – anders als ein Fehler bei den Hausaufgaben –, schlechterdings nicht korrigieren lässt.

Ich kann sagen: Wenn ich tot bin, bin ich nicht mehr da. Das Ich trifft dann eine Aussage über eine Zukunft, die ebenso gewiss wie abstrakt ist. Was ich nicht kann, ist, die Abwesenheit des Selbst *im* Tod zu denken, aus der Binnenperspektive eines solchen toten Selbst. Das Ich, das versucht, sich im Zustand seiner Ausgelöschtheit zu denken, gerät in einen vertiginösen Selbstwiderspruch. Wenn ich im Nichts bin, ist nichts mehr, was ist, schon gar kein Ich, das über sich selbst sagen könnte: *Ich bin im Nichts.*

Ungefähr so (vielleicht nicht exakt in diesen Worten, aber immerhin dem Sinn nach) verlaufen die Gedanken des Kindes, während es in seinem Bett liegt, umgeben von Dunkelheit und Stille. Nun ist das Kind kein Philosoph und hat niemals Epikur gelesen. Doch wahrscheinlich könnte es auch der *Brief an Menoikeus* nicht beruhigen. »Das furchterregendste Übel, der Tod, hat also keine Bedeutung für uns, denn wenn wir existieren, ist der Tod nicht anwesend, wenn aber der Tod anwesend ist, dann existieren wir nicht. Daher ist er weder für die Lebenden noch für die Toten von Bedeutung. Denn für die einen hat er keine Bedeutung, und die anderen existieren nicht mehr.«[1] Die Weisheit des Epikur kann Weisheit sein, weil sie das Problem gleichsam von außen betrachtet. Das Kind hingegen will wissen, wie es sich für die Katze anfühlt, tot zu sein; wie es dem Großvater ergehen wird, wenn er erst einmal gestorben ist. Und vor allem: Wie es selbst im Nichts sich einrichten soll, das ihm die längste Zeit zur Heimat werden wird. Die Gewissheit, dass im Nichts kein Ich ist, das sprechen, denken, fühlen kann, hilft ihm nicht weiter – nicht im Sprechen, nicht im Denken und schon gar nicht im Fühlen –, weil es ja ein solches Ich ist, das voller Angst und voller Faszination auf den Tod blickt und im Sterben der anderen, in ihrem tatsächlichen Sterben ebenso wie in ihrem gefürchteten, fantasierten und (mag sein) voll Bangigkeit gewünschten Sterben, immer wieder an die Grenze des Nichts gezogen wird.

Das Kind will das Rätsel des Todes also *von innen* ergründen, und dabei tut sich ein Abgrund auf, mitten im Bett des Kindes, ein bodenloser Abgrund, über dem es schwebt und dessen Sog es spürt, während sein Denken immer wieder an dieselbe undurchdringliche und unüberwindliche Mauer stößt, die das Ich von der unermesslichen Nicht-ich-keit trennt, die es zu berühren, zu erschließen sucht. Und vielleicht steigert sich dieser Schwindel zu einem entsetzten Verzücken, wenn ein weiterer undenkbarer Gedanke hinzukommt: Wie wäre es, als Nichts im Nichts zu sein … *und dennoch zu existieren*?

2.

Die Lage des Kindes wird dadurch verkompliziert, dass es in einer, sagen wir, religiösen Familie lebt. Nicht so, dass da jemand wirklich gläubig wäre. Aber doch so, dass gewisse Traditionen geschätzt und beachtet werden. Vielleicht weil man vermutet, dass Gott »ein Phantasma von exzessiver Effizienz« sein könnte;[2] vielleicht weil man sich nach einer Verbindlichkeit sehnt, die den Horizont der Gegenwart überschreitet. Jedenfalls hat das Kind schon mal eine Kirche betreten und dem einen oder anderen Gottesdienst beigewohnt. Es hat vom Himmel gehört, und der Ausdruck »ewiges Leben« ist ihm bekannt. Bislang kam dem Kind nichts von alldem sonderlich relevant vor, obgleich es den Religionsunterricht in der Grundschule gut leiden kann und seine Bibel so bunt ist wie ein Comic.

Jetzt hingegen, umgeben von Dunkelheit und Stille, allein mit dem Gedanken an den Tod, versucht es einen Halt zu finden in den Worten, die es in der Kirche aufgeschnappt hat, an Weihnachten oder Ostern, sofern es nicht zu müde oder abgelenkt war, um zuzuhören. Wenn nämlich auf den Tod die Ewigkeit folgt, heißt das ja, dass etwas anderes wartet als das Nichts. Dann ist keiner von ihnen ein Gefangener des Nichts, weder die Katze noch der Großvater noch das Kind selbst. Schließlich ist die Ewigkeit geradezu das Gegenteil vom Nichts, etwas ganz Wundervolles soll sie sein … aber was eigentlich?

Klein, wie das Kind ist, hat es bereits gelernt, die Dinge auf ihr Ende hin zu denken. Das betrifft Unangenehmes wie öde Unterrichtsstunden und Familienfeste oder den Besuch beim Zahnarzt; das betrifft aber auch Schönes wie einen Nachmittag im Freibad oder die Schulferien oder einen Film, der so viel Spaß macht, dass er einfach immer weitergehen könnte. Also denkt das Kind: »Wenn ich sterbe, kommt der Tod; nach dem Tod kommt die Ewigkeit; und nach der Ewigkeit kommt« – und dann verdreht sich alles. Der Abgrund, den das Kind zu schließen suchte, klafft breiter und drohender auf als zuvor, und so unwiderstehlich wird sein Sog, dass alles in ihn hineinstürzen will: die Buntstifte auf dem Schreibtisch, der Zeichenblock, die Kleider in der Zimmerecke, der Schrank an der gegenüberliegenden Wand, die Gardinen am Fenster, der Baum und die Laterne vor dem Fenster, kurz: die ganze Welt. Denn das Wort, welches das Kind gedacht hat, lautet: *nichts*; und der Gedanke lautet: *Nach der Ewigkeit kommt nichts.*

Eigentlich ist klar, dass nach der Ewigkeit nichts kommen kann. Die Ewigkeit hat kein Ende. Was das betrifft, ist sich das Kind sicher. Aber wenn es versucht, sich die Endlosigkeit der Ewigkeit vorzustellen, dann fällt diese Endlosigkeit plötzlich in eins mit dem Nichts des Todes, die Überfülle verkehrt sich in eine Abwesenheit und ein Fehlen, die so radikal sind, dass es dafür weder Worte noch Gedanken noch Empfindungen gibt. Das Nichts, das nach der Ewigkeit kommt, als etwas, das niemals da sein wird, erscheint nun als etwas, das immer schon da war und immer da sein wird, als etwas, das die Ewigkeit aus ihrer unergründlichen Tiefe heraus erfüllt, diese Tiefe in sich hineinzieht und verschlingt.

Das Kind weiß nicht, dass die Ewigkeit, von der in den Kirchen die Rede ist, nicht einfach unendlich viel Zeit sein soll, sondern »vielmehr die Macht der Gegenwart in aller Zeit«, also das ganz Andere der Zeit oder auch: die Gegenwart zu allen Zeiten.[3] Doch das Wissen der Theologen würde dem Kind ebenso wenig helfen wie die Weisheit der Philosophen. Denn wenn *vor* der Ewigkeit nichts ist und *nach* der Ewigkeit nichts ist und das *Jetzt* der Ewigkeit, jene allmächtige, allumfassende Gegenwart, unmöglich begriffen werden kann – was bleibt dann anderes als das Nichts?

In der Stille der Nacht, im Gedanken an den Tod, verschwimmen jedenfalls die Unterschiede zwischen Zeit und Gegenwart und Nichts, gerinnen zu einem Zerrbild der Ewigkeit. Ihr Emblem ist die Digitalanzeige des Weckers. Hier tut sich ein zweiter Abgrund auf. Jener, der im Bett des Kindes klafft, zieht es hinein in sich selbst, in die Schluchten und Klüfte seines Denkens und Fühlens; jener andere öffnet sich in der Unendlichkeit zwischen zwei Minuten, ja zwischen zwei Sekunden. Die Schwärze, die die roten Ziffern umgibt, ihr mattes Leuchten einschließt und bedrängt, wird zum sternenlosen Weltraum. Da sind also zwei Abgründe: der Abgrund der Immanenz, der in die Leere des

Nichts und der Auslöschung führt; und der Abgrund der Transzendenz, der ein unnennbares, unfassbares Jenseits von Raum und Zeit anrührt.

Wie lange liegt das Kind schon wach und denkt an den Tod? Eine *Ewigkeit* ist vergangen, seit es erwachte, eine Ewigkeit, die etwa siebzehn Minuten umfasst. *Von Ewigkeit zu Ewigkeit* – auch diesen Ausdruck hat das Kind in der Kirche gehört. Wie viele Ewigkeiten wird es brauchen, bis die Nacht endet? Bis die drei oder vier Stunden vorüber sind, die das dunkle Jetzt des Kindes vom Aufgang der Sonne trennen, vom Anbeginn des Tages, der sämtliche Abgründe erhellt? Das Kind ängstigt sich sehr. Es würde die Nacht gerne in etwas zurückverwandeln, das zum Schlafen da ist. Dabei hat auch dieser Schwindel, der Sog hinein in jenen zweiten Abgrund, etwas Rauschhaftes und Lustvolles. Es ist die Vorstellung, sich einzubergen in die Unendlichkeit zwischen zwei Sekunden, zwischen zwei Ewigkeiten, als ein winziges Ding, kleiner als ein Staubkorn, durch das tosende Schweigen einer entsetzlichen Unermesslichkeit getrieben zu werden, sich ihr ganz zu überantworten, sich ganz hinzugeben an das, was jenseits von allen Worten, jenseits von allem Verstehen liegt. Obgleich man nicht weiß, ob sich in der Unermesslichkeit etwas anderes finden wird als eben dies: das schwarze Nichts des Todes und das weiße Nichts der Ewigkeit.[4]

3.

Ein Kind liegt nachts in seinem Bett und denkt nach über Tod und Ewigkeit; es wird hineingezogen in einen Abgrund der Immanenz und einen Abgrund der Transzendenz und verspürt dabei einen lustvoll-grausigen Schwindel, wenn es von der äußersten Grenze des Denkens und Fühlens zurückgeschleudert wird auf das Allereigenste … Vermutlich gibt es kaum einen Menschen, der nicht ein solches Kind war, solche Gedanken und Gefühle hatte, in einer Nacht oder in vielen Nächten. Vielleicht gibt es auch nur wenige Menschen, die nicht immer wieder zu einem solchen Kind werden im Verlauf ihres Lebens, in einer Nacht oder in vielen Nächten. Die erste dieser Nächte bezeichnet einen Abschied von der Kindheit. Wenn es wahr ist, dass das Zeitempfinden des Kindes unter irdischen Bedingungen dem am nächsten kommt, was Theologen als Ewigkeit bezeichnen,[5] dann ist es ebenso wahr, dass man erst anfangen kann, über Tod und Ewigkeit nachzudenken, sowie jenes kindliche Zeitempfinden – oder vielmehr: das kindliche Nicht-Empfinden der Zeit – verloren gegangen ist. Hingegen verbindet sich das spätere Nachdenken über Tod und Ewigkeit mit einer Rückkehr in die Kindheit, zumindest in dem Sinn, dass Denken und Fühlen immer wieder an dieselbe unüberwindliche Grenze stoßen, in denselben unauslotbaren Abgrund hineinstürzen, welche schon das Kind kannte. Das ist keine Frage von Erfahrung oder Gelehrtheit. Offensichtlich besteht das Problem nicht darin, dass es dem Kind an Reife fehlte, dass es zu wenig Bücher gelesen oder zu wenig von der Welt gesehen hätte. Sondern darin, dass es keinen Gedanken gibt, der die Kraft hätte, die Grenze des Verstehens zu durchbrechen, welche Tod und Ewigkeit errichten; kein Gefühl, das tief genug wäre, an den Boden jener Abgründe der Immanenz und Transzendenz zu reichen, die sich im Bett des Kindes und zwischen den Ziffern auf dem Digitalwecker auftun. So gesehen sind die Ewigkeiten der Kindheit wohl immer »jüngst vergangen«.[6]

Mag sein, dass der intellektuelle Schwindel, der mit dem Denken über Tod und Ewigkeit einhergeht, eine Verteidigung oder Abwehr des Gehirns darstellt. Es widersetzt sich dem Ansinnen, sozusagen unsachgemäß gebraucht zu werden. Das ändert nichts daran, dass man dem eigenen Ende auf Dauer nur sehr schwer gleichgültig gegenüberstehen kann. Was bedeutet mein Ende? Bedeutet es überhaupt etwas? Und ist es ein endgültiges Ende? Wenn ja, wie wird sich jener unwiderruflich, gleichsam auf ewig letzte Moment meiner Existenz anfühlen? Wenn nein, was ist das für ein Danach? In welchem Verhältnis steht es zu dem Davor? Wird es jenseits meines Endes überhaupt noch irgendwelche Verhältnisse oder Verhältnismäßigkeiten geben? Wer einmal die Erfahrung einer schweren Krankheit gemacht hat – einer Krankheit also, die Sätzen wie »Ich freue mich auf den Frühling« jegliche Selbstverständlichkeit nimmt –, wird derartige Fragen nicht länger abstrakt oder müßig finden. Häufig dürfte tatsächlich schon die überfahrene Katze reichen, um ihnen eine existenzielle Dringlichkeit zu geben. Umgekehrt spricht einiges dafür, dass der Abgrundschwindel, der sich an der Grenze des Denkens und Fühlens einstellt, nur dann wirklich lustvoll erlebt werden kann, wenn das eigene Dasein einigermaßen gesichert erscheint. Es macht einen entscheidenden Unterschied, ob man über den Rand des Abgrunds lugt oder kopfüber in die Tiefe stürzt.

Mit diesem Unterschied ist eine Differenz markiert: zwischen der Unmittelbarkeit eines Erlebens, das in vollem Ernst den Einsatz der Person fordert, und der ästhetischen Erfahrung, die immer ein spielerisches Wesen bewahrt, mag sie auch letzte oder vorletzte Dinge zum Gegenstand haben. So wird deutlich, dass die Szene des Kindes, das nachts wachliegt und über Tod und Ewigkeit nachdenkt, eine doppelte Prägung aufweist. In einer Hinsicht ähnelt sie den Freud'schen Urfantasien (intrauterines Leben, Urszene, Kastration, Verführung), insofern sie sich auf etwas

Erstes bezieht, einen Ursprungsmoment: den Eintritt des Todes ins eigene Leben, die Entstehung eines Bewusstseins für die eigene Sterblichkeit.[7] Andererseits ist in dem ebenso grausigen wie lustvollen, ebenso verstörenden wie rauschhaften Schwindel, der das Kind in der Konfrontation mit dem schwarzen Nichts des Todes und dem weißen Nichts der Ewigkeit erfasst, eine Empfindung vorgestaltet, die sich vollends nur realisiert als Wirkung der Kunsterfahrung, das heißt als ästhetisches Gefühl.

Ich bezeichne dieses ästhetische Gefühl als Kosmische Angst. Zunächst ist damit die Tradition des Horrors in den Künsten aufgerufen. Um genau zu sein, war es H. P. Lovecraft, der im Bemühen, die Wirkungen der *true weird tale* zu bestimmen, von Kosmischer Angst sprach.[8] Indessen geht die Kosmische Angst weit über jene Spielarten des Horrors hinaus, die sich auf Lovecraft berufen; sie ist keinem einzelnen Genre zuzuordnen und auch nicht dem, was man gemeinhin Populärkultur nennt. Vielmehr erlaubt es die Kosmische Angst, ganz unterschiedliche künstlerische Verfahren in den Blick zu nehmen, deren Gemeinsamkeit darin besteht, dass sie die Zersetzung des Ich – das heißt, der Koordinatensysteme seiner Wahrnehmung, seines Denkens und Fühlens – als ästhetische Erfahrung zu gestalten suchen; und zwar nicht im Blick von außen, sondern – wie das Kind, das sich seinen Tod vorstellt – aus der Perspektive eines solchen der Zersetzung ausgesetzten Ichs.

In diesem Sinn kann tatsächlich der Tod als Fluchtpunkt der Kosmischen Angst gelten. Nicht der Tod, den man stirbt; sondern der Tod, den man *nicht* stirbt, den man sich vorzustellen, den man zu begreifen, den man sich als einen phantasmatischen Innenraum des Denkens und Fühlens zu erschließen sucht. Was die Kosmische Angst gestaltet, ist also die Vorstellung der Ich-Auflösung, ein Phantasma des Sterbens hinein in ein (unfassliches) Nichts oder in eine (ebenso unfassliche) Transzendenz. Freilich können nur die ersten Schritte des Weges, die ersten Meter des Falls zum Gegenstand der künstlerischen Gestaltung werden. Das Dahinter und Darunter verbleibt in radikaler Unzugänglichkeit. Nicht nur können wir uns nicht vorstellen, was Tod und Ewigkeit bereithalten – wir können uns nicht einmal vorstellen, was wir uns da nicht vorstellen können. Das ist der Einsatzpunkt der Kosmischen Angst. Nicht das Nichts oder die Transzendenz selbst, aber der Prozess des Durchschreitens jener undurchdringlichen Mauer, des Hinabstürzens in jene unauslotbaren Abgründe von Tod und Ewigkeit wird dabei Gegenstand der Gestaltung.

Was ist Kosmische Angst?

1.

Jeder Horror, der den Namen verdient, ist letztlich metaphysisch. Das gilt auch dort, wo er vorderhand auf das sogenannt Übernatürliche verzichtet. Wahres Grauen kommt nicht von dem, was den Fortbestand des leibhaften Daseins bedroht. Eugene Thacker vermutet, dass Horror weniger mit der Angst vor dem Tod zu tun haben könnte als mit dem Schrecken, den das Leben in uns hervorruft – und vergisst nicht zu erwähnen, dass dies ein wenig erbaulicher Gedanke sei.[9] Hier ist eine furchtbare Wahrheit berührt; die Wahrheit nämlich, dass es Zustände mitten im Leben gibt, die das Leben auf eine Weise verstören, dass wir nicht mehr wissen, was das sein soll: Leben.

Das darf man sich nicht zu betulich vorstellen. In Zeiten, wo (nicht nur) die westliche Populärkultur ihre größten Triumphe mit Freaks, Monstern und Mutanten aller Art feiert, bedarf es schon eines äußerst bürokratischen Gemüts, um die schiere Verwirrung der Kategorien entsetzlich zu finden.[10] Geschöpfe, die zugleich lebendig und tot,

Mensch und Maschine, Mensch und Tier oder Mensch und Gott, irdisch und außerirdisch, naturhaft und übernatürlich sind, schmücken Blockbusterposter, Bestsellercover, Videospielhüllen und die Wände von zig Millionen Teenagerzimmern. Es geht nicht darum, dass uns jemand die Förmchen geklaut hat, die wir für intellektuelle Sandkastenspiele benötigen. Vielmehr geht es um ein existenzielles Derangement. Es tritt ein, wenn das bedroht ist, was man in Ermangelung eines besseren Wortes wohl als *Seele* bezeichnen muss. Die Drohung, die hier in Rede steht, ist nicht allein philosophischer Art; sie frisst sich ins Herz und in die Eingeweide, dringt vor in die Fingerspitzen, bis unklar ist, ob sich das Glas, nach dem man greift, in verfaulender Weichheit an die Hand schmiegt. Oder ob die Folge davon, dass ein Apfel vom Baum fällt, nicht sehr wohl sein mag, dass man selbst in den leeren Himmel stürzt.

Es geht also darum, dass wir nicht mehr wissen, ob sich unsere Alltagswelt unversehens in die Hölle verwandelt hat, an die wir nicht glauben. Abwesend ist nicht nur der nicht-existente Gott. Abwesend sind auch die nicht-existente Liebe, die nicht-existente Hoffnung und der nicht-existente Sinn. Abwesend ist noch jener Sinn, der aus einer heroischen Konfrontation der Sinnlosigkeit erwachsen kann. Mit Albert Camus danach zu streben, das Absurde zu überwinden, indem man es annimmt, verschafft dann keine Erleichterung mehr. Ebenso wenig wie der selbstgewisse Verzicht auf die Tröstungen der Religion und des Moralismus, derer schwächere oder einfältigere Gemüter offenbar nach wie vor bedürfen. Was bleibt? Gutes Essen und Trinken? Möglichst viel Sex? Ein prall gefülltes Bankkonto? Bekanntlich kann der Nihilismus einen Halt geben; er kann sogar recht kuschelig sein. Aber dummerweise ist nicht nichts da, wenn die Hölle an den Rand der Wahrnehmung und des Empfindens kriecht. Es ist sehr wohl etwas da. Was da ist, ist eine dämonische Präsenz: ein Wider-Geist, der darum weiß, dass es zu jedem Ja ein Nein gibt, das im Zweifelsfall überzeugender ist.

Natürlich hat man leichtes Spiel, diese dämonische Präsenz als Einbildung zu entlarven und auf Kindheitsneurosen, Bewegungsmangel, schlechte Verdauung oder den übermäßigen Genuss von Alkohol und Internetpornografie zurückzuführen. Nur hilft das alles wenig, weil der Dämon nicht im Mindesten davon beeindruckt ist, dass es sich bei ihm um eine Einbildung handelt. Er lässt sich auch nicht vertreiben durch den Hinweis, dass man schon mit fünfzehn Nietzsche gelesen hat. Er setzt sich fest als Ahnung, dass das Ich, die Welt, das Leben und der Tod nicht das sind, was ich dafür gehalten habe. Noch der Ausweg des Selbstmords ist dann versperrt. Denn wer garantiert mir, dass im Tod das sanfte Vergessen wartet? Was ist, wenn mich an seiner Statt der Dämon in Empfang nimmt? Nicht als infernalischer Folterknecht mit muskelbepacktem Oberkörper, rotglühenden Augen und riesigen, gewundenen Hörnern – sondern als Kerker einer kalten, leeren, schweigenden Ewigkeit.

2.

Der Horror braucht etwas von jener Verstörung des Lebens durch das Leben, von jener oft genug nahezu unmerklichen Verwandlung des alltäglichen Fühlens und Wahrnehmens in eine wildfremde Seelenlandschaft, worin man sich nicht mehr auskennen kann. Derlei Verstörungen und Verwandlungen sind nur sehr unzulänglich beschreibbar mit Denkfiguren, die auf verbindende Inversionen zwischen dem *Heimlichen* und dem *Unheimlichen* abzielen.[11] Denn zum einen will uns der Dämon darüber belehren, dass das, was wir für unsere Heimat hielten, niemals eine solche war; zum anderen uns aber verdeutlichen, dass wir auf keine andere Heimat zu hoffen haben, weder innerhalb der Welt noch jenseits ihrer Grenzen, weder im Leben noch im Tod.

Nun taugt der Dämon nicht als Autor oder Regisseur; er ist kein Komponist und auch kein Maler. In Reinform ist seine Programmatik ästhetisch nicht goutierbar. Also bedürfen die Verstörungen und Verwandlungen, die er ins Werk setzt, ihrerseits der Transformation. Eine solche Transformation ist bereits gegeben, wenn man die Programmatik des Dämons in Worte kleidet; denn die Sprache gewährt uns eine Heimat, auf die – trotz allem – einigermaßen Verlass ist. Aber der Horror muss sehr viel weiter gehen. Als Genrekunst vollzieht er die Transformation nämlich systematisch. Er tut es, indem er zum Einsatz bringt, was ihm historisch erwachsen ist: ein umfängliches Arsenal an Figuren, Dramaturgien, Atmosphären. So mag sich jenes durchaus wohlige Grauen einstellen, das den Genuss am Horror kennzeichnet und etwas damit zu tun hat, dass das Radikal-Fremde und das Noch-gerade-Bekannte, das Derangement und die Beruhigung in der künstlerischen Gestaltung austariert sind. Doch diese Balance ist prekär. Nicht zuletzt die historische Dynamik selbst droht, sie aus dem Gleichgewicht zu bringen.

Was das bedeutet, kann man sich ohne Weiteres anhand einer der beliebtesten Horrorfiguren klarmachen: dem Vampir. Es ist nicht einmal nötig, von den glitzernden Vegetariern unter den Blutsaugern zu reden, die es durch Stephenie Meyers *Twilight*-Romane zu Weltruhm gebracht haben;[12] ein Blick auf die Unterschiede zwischen zwei ikonischen Personifikationen des Vampirs genügt: Nosferatu und Dracula, in der Darstellung von Max Schreck und Christopher Lee. Wer Genrewerke als Arbeit am Gemeinsinn begreift – also als unausgesetztes Bemühen, die Grenzen dessen zu erweitern, was eine gegebene Gesellschaft in ihre Selbstbeschreibung integrieren kann –,[13] wird leicht erkennen, dass der Horror seine Kraft gerade aus jenen Gestaltungen zieht, die sich dieser Eingemeindung widersetzen. In ihnen fährt er fort, die menschlichen Aspirationen und Sehnsüchte von außen zu attackieren. Auch nach hundert Jahren ist ein Rest an Widersetzlichkeit im hageren, todesverfallenen Bildnis des Nosferatu wirksam. Die boshaft-transgressive Erotik, die Lee dem Vampir verlieh und die, wie man liest, dafür sorgte, dass *Horror of Dracula* (GB 1985) das Publikum seinerzeit in Scharen aus dem Kinosaal trieb oder gar in Ohnmacht fallen ließ – diese Erotik und ihr Emblem, das knallrote Technicolorblut, hatten dagegen wohl spätestens ein Jahrzehnt nach der Erstaufführung des Films, um 1968 also, jeglichen Schrecken verloren.[14]

Doch auch jener Spielart des Horrors, die sich der Programmatik des Dämons am striktesten verpflichtet fühlt – nämlich der Kosmische Horror –, ist das Problem nicht fremd, welches aus den Verschiebungen der Grenzen des Gemeinsinns erwächst. Wenn es etwas gibt, das die unterschiedlichen Ausprägungen von Kosmischem Horror eint, so zweifellos das Bestreben, all jene, die seinen Bannkreis betreten, mit der Ahnung einer zweiten, verborgenen Wirklichkeit zu erfüllen, welche hinter der alltäglichen Wirklichkeit wartet – einer Wirklichkeit, die voller Grauen und Geheimnis ist, Wohnort unbegreiflicher Wesen und Ursprung zermalmender Wahrheiten; unendlich getrennt von dem, was unsere Augen sehen und unsere Hände berühren können, und doch häufig nur eine falsche Abzweigung, ein kleines Irrlichtern entfernt von der Welt, die wir zu kennen meinen. Lassen wir den Umstand, dass der Kosmische Horror aufgrund seiner poetologischen Zielsetzung in unbehagliche Nähe zum paranoiden Wahn rückt, für den Moment beiseite.[15] Ein anderes Unbehagen bleibt bestehen: Was passiert, wenn jene zweite, verborgene Wirklichkeit selbst so vertraut und gemütlich wird wie ein ausgelatschter Schuh oder ein Lesesessel, in dem man Hunderte von Stunden verbracht hat? Gibt es einen Punkt, an dem, allein durch Gewöhnung, noch die absonderlichsten Bizarrerien die Anmutung von Heimtextilien und Zimmerpflanzen erhalten?

Bezogen auf den Kosmischen Horror lässt sich dieses Problem, das eben ein Problem der Historizität von Wahrnehmungsformen ist, in der Differenz zwischen Repräsentation und ästhetischer Erfahrung fassen. Graham Harman weist darauf hin, dass die zahlreichen populärkulturellen Darstellungen, die Cthulhu als Drache mit Oktopuskopf zeigen, auf einer Fehllektüre beruhen. Tatsächlich hat Lovecraft einige Mühe darauf verwandt, der literarischen Evokation jener außerweltlichen, äonenalten Wesenheit – Maskottchen seines posthumen Ruhms – eine unaufhebbare Differenz einzuschreiben: Sie bezieht sich auf das, was man über Cthulhu sagen kann, und das, was Cthulhu tatsächlich ist. Harman erkennt hierin ein künstlerisches Verfahren, das er als den vertikalen oder allusiven Aspekt von Lovecrafts Stil bezeichnet, »die Kluft, die er zwischen einem unbegreiflichen Ding und den vage treffenden Beschreibungen hervorbringt, die der Erzähler zu versuchen vermag«.[16] Diesem Verfahren stellt er ein zweites zur Seite; hierbei handelt es sich, so Harman, um horizontale oder kubistische Techniken, welche darauf abzielen, die Sprache mit »einem unersättlichen Exzess an Oberflächen und Aspekten des Dinges«[17] zu überladen. Das heißt, Lovecraft verstummt nicht angesichts des Unaussprechlichen und Namenlosen. Im Gegenteil, er akkumuliert Zuschreibungen, Eigenschaften und Anmutungen, deren wechselseitige Bezugnahme von Spannungen, Inkongruenzen, und Unvereinbarkeiten geprägt ist, sodass selbst eine sehr fantasiebegabte Leserin kaum mehr vermag, aus den Einzelheiten ein Ganzes zu fügen: die sinnliche Konkretion zerstört sich selbst; der Überschuss bringt seine Negation hervor.

Für Graham Harman sind es derartige literarische Techniken, die Lovecraft zum Sänger der Object-oriented Ontology machen.[18] Sie sorgen dafür, dass sich die Schundliteratur in Philosophie wandelt. In ihnen enthüllt der Pulphorror das Wesen, die Essenz der Philosophie.[19] Nun muss sich kein Lovecraft-Fan die Liebe zu Tentakelmonstern vorhalten lassen. Cthulhu wird weiterhin sein prachtvoll schleimiges, wenngleich fehlinterpretiertes Haupt recken.[20] Doch was immer die Verdienste des Tentakelmonsters sein mögen – die Pflege des Kosmischen Horrors fällt nicht darunter. Das Problem besteht darin, dass Cthulhu, wenn er ein Drache mit Oktopuskopf ist, eben exakt dies ist: ein Drache mit Oktopuskopf. Und das heißt auch: Er ist nichts anderes. Der Kosmische Horror kann das nicht hinnehmen. Die Vorstellung einer Welt, die mit sich selbst identisch ist, in der die Wahrheit eines Dinges, Wesens oder Ortes unmittelbar an der Oberfläche zu greifen ist, in der Mächte und Gewalten eine Agenda mit eindeutig definierbaren und kategorisierbaren Zielen verfolgen – eine solche Vorstellung ist weder vereinbar mit der Konzeption von Wirklichkeit, die dem Kosmischen Horror eignet, noch mit den Wirkungen, die er hervorzurufen sucht. Wenn er sich an ein repräsentationales Ordnungssystem bindet, das bestimmte Figurentypen, Schauplätze oder Handlungsschemata vorsieht, schafft sich der Kosmische

Horror selbst ab. Zu einer ästhetischen Konvention und einer konventionellen Ästhetik erstarrt, ist das Tentakelmonster so gesehen ein ebenso großes Problem wie der einsame Sonderling, die halb verfallene, übel riechende Stadt, der wahnsinnige Kultist oder die wissenschaftliche Expedition, die entsetzliche Geheimnisse aufdeckt, welche aus einer unvorstellbaren Zeitentiefe heraufkommen.

Sicherlich kann all das für spannenden und anregenden Grusel sorgen; für das, was man gemeinhin gute Unterhaltung nennt. Was es nicht kann – ebenso wenig wie Cthulhu, wenn er als Drache mit Oktopuskopf dargestellt wird –, ist, eine Kunsterfahrung zu gestalten, die ihre Erfüllung findet im Nachweis, dass Ich und Welt, dass Ding, Gedanke und Gefühl gerade *nicht* identisch sind mit sich selbst.[21] Und der es darum zu tun ist, die Risse, die bestehen mögen, zu Klüften und Abgründen zu erweitern, in denen ein Glanz von schillernd-bunter Schwärze, die Ahnung einer Wirklichkeit aufscheint, welche diesen Beziehungen und Verhältnissen eine ganz andere Bedeutung verleiht.

3.

Das Kind, das in seinem Bett liegt und über den Tod nachdenkt, macht Bekanntschaft mit dieser zweiten Wirklichkeit. Sicherlich trifft es nicht zu, dass allein die zweite Wirklichkeit wirklich wäre. Wohl aber, dass diese andere Wirklichkeit den Phantasmen der Ich-Auflösung entspricht, die mächtiger werden mit jedem Schritt hin zu der Schwelle des unerreichbaren Innenraums des Todes. Die Kosmische Angst geht aus genau dieser Annäherung hervor. Sie gestaltet das Grauen der unbegreiflichen und unumkehrbaren Ich-Auflösung, die mit dem – in unmöglicher Ahnung erahnten, nie vollzogenen – Eintritt in den Tod einhergeht, als genussvolle Kunsterfahrung. Das begründet die enge Verbindung von Kosmischer Angst und Kosmischem Horror.

Doch auch Kunstformen, die vorderhand wenig oder nichts mit Kosmischem Horror, oder Horror allgemein, zu tun haben, können ihr affektpoetisches Ziel in der Erzeugung von Kosmischer Angst finden. Ebenso wenig, wie der Kosmische Horror auf Tentakelmonster angewiesen ist, verlangt die Kosmische Angst danach, dass die zweite Wirklichkeit unter der Ägide des Dämons steht. Häufig genug tut sie es. Was damit zusammenhängt, dass die ästhetisch umgeformte Wirklichkeit, wenn sie die Abgründe der Immanenz und Transzendenz in sich hervorkehrt, nicht einfach zur Metapher oder Allegorie des Todes gerinnen darf.[22] Um dies zu verhindern, ist eine gesunde Horrorinfusion hilfreich. Zumindest in seinen andersweltlichen Ausprägungen beharrt der Horror nämlich auf der eigenen Inkommensurabilität. Damit widersetzt er sich der Neigung zur hermeneutischen Bräsigkeit. Vorausgesetzt, er erliegt nicht seinerseits dem Irrtum, Cthulhu sei ein Drache mit Oktopuskopf.

Aus den literaturtheoretischen Essays von H. P. Lovecraft lässt sich beides ersehen: worin die Affinität zwischen Kosmischem Horror und Kosmischer Angst besteht; und warum Letztere dennoch ein eigenständiges ästhetisches Konzept ist. Es mag erstaunen, aber für Lovecraft verbinden sich die tiefste Dramatik und der unerbittlichste Schrecken des Universums keineswegs mit irgendwelchen grässlichen Kreaturen, ob tentakelbewehrt oder nicht. Das Grauen im Herzen aller Dinge ist, so Lovecraft, vielmehr *die Zeit.*[23] Aus diesem Grund gilt ihm *der Konflikt mit der Zeit* als das mächtigste und fruchtbarste Thema, dessen sich die Kunst annehmen kann.[24] Hier mag man an die Erzählung des von Lovecraft verehrten Lord Dunsany denken, in der Karnith Zo, Herrscher über Alatta, mit seinen drei Armeen einen hoffnungslosen Krieg gegen die Zeit führt, welche – »eine große Gestalt, die wie ein hoher Schatten in der Abenddämmerung steht oder, ungesehen, durch die Welt schreitet« –[25] die königlichen Soldaten vergreisen lässt, ehe sie auch nur die feindliche Burg erreichen. Und tatsächlich ist die Horrorliteratur, oder vielmehr die *true weird tale*, in Lovecrafts Augen geradezu definiert durch ihre Feindschaft mit der Zeit. Dabei gelingt der Kunst, woran der König scheitert; wenigstens kleine Siege gegen den Widersacher sind ihr vergönnt. Freilich ändern diese Siege, aufs Ganze gesehen, nichts an der Unbezwingbarkeit der Zeit. Sehr wohl jedoch können sie all jenen, die sich nicht kampflos unter das Joch der Tyrannin beugen wollen, ein flüchtiges Triumphgefühl verschaffen.

So jedenfalls erklärt Lovecraft in den »Notizen über das Schreiben von Weird Fiction« (»Notes on Writing Weird Fiction«, 1933/1937) – einem Text, der kurz vor seinem Tod veröffentlicht wurde – seine künstlerischen Vorlieben. Einer seiner stärksten und hartnäckigsten Wünsche sei es, »momentweise die Illusion einer seltsamen Aufhebung oder Verletzung der ärgerlichen Beschränkungen von Zeit, Raum und Naturgesetz zu erzielen, die uns für immer gefangen halten und unsere Neugier auf die unermesslichen kosmischen Räume jenseits des Radius unserer Sichtweite und Analysefähigkeit enttäuschen«.[26] Auffällig ist, dass er Zeit und Raum in einem Atemzug nennt, also das, was man mit Kant die transzendentalen Bedingungen der Möglichkeit von Erkenntnis nennen könnte, als Hauptgegner ausmacht. Die Anziehungskraft, welche Lovecrafts Werk auf Philosophen und Theoretikerinnen ausübt, die – wie Spekulative Realisten verschiedener Couleur – die »Katastrophe Kant« überwinden wollen, ist sicherlich hierin begründet: in dem poetologischen Streben nach einem ästhetischen Erfahrungsmodus, der im Denken, Fühlen und Wahrnehmen über den »Horizont des Menschlichen« hinausführt oder wenigstens an dessen Rand zu reichen vermag.[27] Der Kosmische Horror wäre demnach ein Paradigma anti-korrelationistischer Kunst;[28] und Kosmische Angst das Gefühl, das in der Kunstrezeption sich einstellt, wenn das Gefüge der Alltagswirklichkeit mitsamt ihren illusionären Entsprechungen und Sicherheiten vom Fundament her rissig wird – und schließlich, »momentweise«, in tausend Stücke zerspringt.

Lovecraft selbst kommt einer Definition der Kosmischen Angst nirgends näher als in »Das übernatürliche Grauen in der Literatur« (»Supernatural Horror in Literature«), seinem wohl bekanntesten Essay, der erstmals 1927 in W. Paul Cooks Amateurzeitschrift *The Recluse* veröffentlicht wurde. »Der eine Prüfstein des wahrhaft Unheimlichen ist dieser«, so heißt es dort, »ob im Leser ein tiefgreifendes Angstgefühl geweckt wird, ein Gefühl, mit unbekannten Sphären und Mächten in Berührung gekommen zu sein, eine subtile Haltung furchtsamen Lauschens, wie nach dem Flattern schwarzer Schwingen oder nach dem Kratzen außerweltlicher Gestalten und Wesen an der äußersten Grenze des bekannten Universums.«[29] Ein solch »tiefgreifendes Angstgefühl« kann die *true weird tale*, die »echte unheimliche Geschichte«, aber nur erzeugen, wenn sie gewisse Voraussetzungen erfüllt. Es gilt: »Eine bestimmte Atmosphäre atemloser und unerklärlicher Furcht vor äußeren, unbekannten Mächten muss vorhanden sein, und es muss eine Andeutung jener schrecklichsten Vorstellung des menschlichen Verstandes geben, welche mit einem dem Thema gebührenden Ernst und auf ahnungsvolle Weise zum Ausdruck gebracht wird – eine bösartige und einzigartige Aufhebung oder Überwindung jener feststehenden Naturgesetze, die unseren einzigen Schutzwall gegen die Angriffe des Chaos und der Dämonen des unergründlichen Weltalls darstellen.«[30]

Im Zusammenspiel mit Lovecrafts ästhetischem Bekenntnis aus den »Notizen über das Schreiben von Weird Fiction« machen die zitierten Passagen – gerade weil sie wohl ebenso sehr der Evokation wie der Definition von Kosmischer Angst dienen – etwas Entscheidendes greifbar. Denn einerseits ist mit einer »Aufhebung oder Überwindung« der Naturgesetze die »schrecklichste Vorstellung« benannt, die den menschlichen Verstand befallen kann; andererseits soll die Suspension der Gesetzmäßigkeiten von Raum und Zeit in jenen, die sie lesend erfahren, »momentweise« eine Befreiung hervorrufen. Tatsächlich gehört beides, der Schrecken und die Befreiung, zur Kosmischen Angst. Die Kosmische Angst *ist* ein unauflösliches Ineinander beider Gefühle.

»Angst ist die älteste und stärkste Empfindung des Menschen, und die älteste und stärkste Angst ist die Angst vor dem Unbekannten«[31] – die bekannte Sentenz, die Lovecraft gleich zu Beginn von »Das übernatürliche Grauen in der Literatur« aufstellt, bedarf also der Ergänzung. Nicht nur die Angst *vor*, auch die Sehnsucht *nach* dem Unbekannten ist eine alte und starke Empfindung. Und wahrhaft kosmisch ist Angst nur, wenn sie Schrecken und Sehnsucht, Beklemmung und Befreiung in eines fasst, wobei das Kunsterleben diese widerstreitenden Gefühlsqualitäten in ihrer vektoriellen Opposition synchronisiert. Kosmische Angst kann dann bestimmt werden als ästhetische Erfahrungsmodalität, die in der Auflösung noch der grundlegendsten Koordinaten von Raum und Zeit zugleich ein bodenloses Grauen und ein beglückendes Gefühl der Befreiung hervorruft. So wird deutlich, dass die Kosmische Angst eine ganz eigene Art von Horror in sich trägt.[32] Es gibt viele Genreingredienzen, derer dieser Horror nicht bedarf. Vielleicht könnte man sogar behaupten, dass sich Kosmische Angst überhaupt nur einzustellen vermag, wenn wir, »momentweise«, nicht mehr wissen, in welchem Genre wir uns befinden; nicht im Sinne eines Pastiche oder Hybriden, sondern so, dass wir uns jäh und unerwartet mit einem System von Regeln konfrontiert sehen, das unser Denken, Fühlen und Wahrnehmen beherrscht, ohne dass sie uns je erklärt worden wären. Drängt sich nun der Verdacht auf, dass es da nichts zu erklären gibt, weil letztlich Willkür herrscht, ist jedoch auch die Kosmische Angst dahin. Mächtig, bedrohlich und verlockend wird sie hingegen, wenn wir die unerbittliche Faktizität jener Regelhaftigkeit erahnen, zugleich aber spüren, dass sich die Regeln, in all ihrer Strenge, unserem Begreifen entziehen, immer um ein paar Fingerbreit jenseits der Grenze unseres Fassungsvermögens verortet bleiben – eingehüllt in ihr ganz eigenes Zwielicht.

Darum betont Lovecraft, dass die *true weird tale* nicht durch das schiere Vorhandensein übernatürlicher Phänomene bestimmt ist. Beispielsweise sollte die »konventionelle oder sogar schrullige oder humorvolle Geistergeschichte« nicht darauf hoffen, Kosmische Angst hervorzurufen, da hier »die Formelhaftigkeit der Handlung oder das wissende Zwinkern des Autors das wahre Gefühl des morbiden Unwirklichen außer Kraft setzen«.[33] Man kann getrost annehmen, dass der konventionelle Vampir, der konventionelle Werwolf, der konventionelle Zombie oder das konventionelle Tentakelmonster von Lovecraft ebenso streng beurteilt werden würden, und zwar unabhängig davon, ob sich Letzteres mit Namen wie Cthulhu, Shub-Niggurath oder Yog-Sothoth schmückt.

Denn hier geht es einmal mehr um den Unterschied zwischen Repräsentation und ästhetischer Erfahrung. Als Faktum des Dargestellten erschüttert noch der altbackenste Untote die naturgesetzliche Verfasstheit der diegetischen Welt. Daraus folgt aber nicht, dass das geneigte Publikum eine solche Erschütterung verspürt, wenn es die Untaten des blutsaugenden Schurken mitverfolgt. Zum Teil hängt das vom eigenen historischen Standpunkt ab; 1897 meint und bedeutet »Dracula« etwas anderes als 1958 oder 2020. In einem allgemeineren Sinn heißt das: Die poetische Verfasstheit der *true weird tale* muss so beschaffen sein, dass der Riss, welcher sich zwischen zwei Wirklichkeiten auftut – die eine negierend, die andere in ihr Recht setzend –, keine inhaltliche Behauptung bleibt, sondern im Erleben der Rezipienten sich dupliziert.[34] Das wird umso schwerer gelingen, je bekannter und in der künstlerischen Tradition erklärter ein übernatürliches Phänomen ist, was seine Herkunft, die Bedingungen seines (vermeintlich) widernatürlichen Lebens, sein Aussehen, seine Fähigkeiten und seine Gewohnheiten betrifft. Der Riss, der in unserem Verstand und unserem Gefühl zu klaffen beginnt, schließt sich sofort wieder, wenn das, was ihn erzeugen soll, sich einfrieden lässt durch eine überkommene, verständliche, in sich geschlossene und mehr oder weniger kohärente Regelhaftigkeit (im Sinne etwa einer Regelpoetik). Darum betont Lovecraft, dass die *true weird tale* mehr zu bieten habe »als heimtückischen Mord, blutige Knochen oder eine von Bettlaken umhüllte Gestalt, die vorschriftsmäßig mit den Ketten rasselt«.[35] Die oberste Regel bei der Hervorbringung von Kosmischer Angst ist so gesehen, dass alle Regeln unterlaufen werden müssen, die eine fixe Bauanleitung bilden könnten, deren Logik sich in klaren, nachvollziehbaren Schritten erschließt.

Es dreht sich folglich nicht darum, dass eine Frau nachts aufwacht, allein, und feststellt, dass sie doch nicht allein ist, sondern dass da ein Wahnsinniger im Haus weilt, der sie quälen und töten will. Eine solche Situation, hundert- und tausendfach gestaltet, mag mit furchtbarer Angst verbunden sein, für die Figur der Erzählung oder des Filmes und desgleichen für diejenigen, die lesen oder zuschauen.[36] Doch ist diese Angst, wie groß auch immer, keine Kosmische Angst. Viel eher würde Kosmische Angst einsetzen, wenn die Frau, in der Ahnung, nicht alleine zu sein, ihr Wohnzimmer betritt und dort tatsächlich jemanden antrifft, aber keinen irren Axtmörder, sondern eine stumme, reglose Gestalt, die sich allen Bemühungen zum Trotz gar nicht recht in den Blick nehmen lässt – eine Gestalt, die einfach nur dasteht, weder auf Fragen noch auf Drohungen oder Bitten reagiert, zugleich aber eine geheimnisvolle Herrschaft ausübt.

Ebenso wenig kann man von Kosmischer Angst sprechen, wenn sich der abendliche Spaziergang durch den Park in eine Verfolgungsjagd auf Leben und Tod verwandelt, weil plötzlich blutgierige Kreaturen aus den Büschen springen. Hingegen wäre Kosmische Angst gegeben, wenn der Parkbesuch zur Mittagszeit zu etwas ganz anderem wird, weil, in der Spanne zweier Wimpernschläge, sämtliche grillierende Familien, biertrinkende Jugendlichen, Fahrradfahrerinnen, Rollerblader, Jongleure und Volleyballspielerinnen von den sommerlichen Wiesen und Wegen verschwunden sind. Wo eben noch Alltag war, herrschen nunmehr Schweigen und Leere, und wie in stillem Jubel beginnen sich die Bäume zu wiegen unter dem Anhauch eines Windes, der gar nicht weht.

Kosmische Angst hat mehr zu tun mit einer auf unerklärliche Weise verstummten Welt als mit einer Welt, die nur so lange verstummt ist, bis das Stöhnen und Fauchen der Zombiehorde von den Hauswänden widerhallt; und sie hat weniger zu tun mit abgehackten Köpfen im Kühlschrank als mit einem Stück Pizza, das nach Schokotorte schmeckt; weniger mit Schreckensschreien als mit einem Gelächter, das kein Ende nimmt, obgleich längst niemand mehr weiß, wo dieses Lachen herrührt, wer damit begonnen hat und warum.

Das also hat es mit der Halt- und Bodenlosigkeit der Kosmischen Angst auf sich. Im Abgrund öffnet sich stets ein neuer, tieferer Abgrund. Und Denken und Fühlen vollziehen den Sturz durch die Abgründe, weil die Wände, an denen sie sich festkrallen wollen, immer wieder ein kleines Stück von ihnen wegrücken oder weil sich herausstellt, dass sie aus einem Material gemacht sind, das zwar so tut, als wäre es Stein, in Wahrheit jedoch unter den Fingern sich auflöst oder zerbröselt. Es ist ein Sturz, der nicht nur eine Richtung kennt. Sehr wohl kann man durch die Flucht der Abgründe hindurch in den Sternenhimmel fallen.

Denn tatsächlich gibt es ja zwei Arten von Abgrund. Das Kind, das in seinem Bett liegt und an die überfahrene Katze oder den sterbenden Großvater denkt, erfährt dies. Es gibt den Abgrund der Transzendenz und den Abgrund der Immanenz. Der Abgrund der Transzendenz lässt erahnen, dass da andere Welten und Wirklichkeiten sein könnten, andere Formen des Wahrnehmens, der Empfindung und Vorstellung, Ideen von Raum und Zeit, die nichts damit zu tun haben, wie wir Raum und Zeit erleben, eine Wahrheit, die unbegreiflich ist, in ihrer schrecklichen Unbegreiflichkeit aber die gleichermaßen ersehnte wie gefürchtete Befreiung von den Schranken und Grenzen des

Menschseins verheißt. Und es gibt den Abgrund der Immanenz, der die Ahnung dieser jenseitigen Wirklichkeit kollabieren lässt in ein unverbrüchliches Wissen und eine eherne Gesetzmäßigkeit, die jedoch wiederum nur das Ende allen Wissens und aller Gesetzmäßigkeit verkünden – weil nämlich die Befreiung, wie immer wir sie uns ausmalen, in ein Gefängnis führt, das keine Mauern kennt und jeglicher Vorstellung von Raum und Zeit spottet, sodass es zugleich endgültige Freiheit und endgültige Gefangenschaft bedeutet. Es sind dies die Freiheit und die Gefangenschaft des Todes, des Nichts, der letzten, ultimativen Auslöschung.

4.

Wer all das bedenkt und sich kurzfassen wollte, würde möglicherweise sagen, dass sich die Kosmische Angst ungefähr so verhält wie eine Farbe, die man fasziniert betrachtet, bis einem klar wird, dass das, was man da betrachtet, überhaupt nichts mit irgendwelchen Farben zu tun hat. Bekanntlich hat Lovecraft aus dieser Prämisse eine seiner besten Erzählungen gemacht. Wobei »Die Farbe aus dem All« (»The Colour Out of Space«, 1927) wohl gerade deshalb als vollendete Gestaltung des Kosmischen Horrors erscheint – zumal aus heutiger Sicht –, weil sich Lovecraft hier ziemlich weit entfernt von dem, was man gemeinhin als Cthulhu-Mythos bezeichnet. Von Tentakeln und Kultisten fehlt jede Spur. Dafür gibt es eine Farbe, die nur im Analogieschluss eine Farbe ist.[37]

Jene Farbe entstammt einem Meteoriten, der in die Heidelandschaft Neuenglands hinabstürzt; und die Wirkung von Lovecrafts Erzählung verdankt sich nicht zuletzt dem Umstand, dass niemand zu sagen weiß, was die Farbe *will*; ob sie überhaupt irgendetwas will; und ob die grauenvollen und zerstörerischen Veränderungen, die in ihrem Umfeld mit Pflanzen, Früchten, Tieren und Menschen vor sich gehen, darauf zurückzuführen sind, dass die Farbe eine Feindschaft gegenüber dem Irdischen hegt, oder ob sie – qua ihrer Fremdheit und Inkommensurabilität – gar nicht anders kann, als die schrecklichen Mutationen hervorzubringen, welche Nahum Gardner und seiner Familie zum Verhängnis werden. Es ist leicht ersichtlich, dass »Die Farbe aus dem All« diese Wirkung einbüßen würde, wenn aus den Überresten des Meteoriten garstige Krallenhände wüchsen, oder längliche Mäuler mit drei Zahnreihen. Oder wenn der Meteorit eine Rede hielte, in der er Pläne zur Übernahme der Weltherrschaft entwickelte. Ein außerirdisches Wesen, das die Menschen zu unterjochen oder zu verspeisen gedenkt, kann furchteinflößend sein, keine Frage. Das Besondere an »Die Farbe aus dem All« ist aber, dass Lovecraft hier eine Entität vorstellt, bei der unklar bleibt, ob es sich – nach unseren Maßstäben – überhaupt um ein empfindungsfähiges, mit Bewusstsein ausgestattetes Wesen handelt.[38] Und das in seiner Unbegreiflichkeit und möglicherweise auch Absichtslosigkeit eine Macht entfaltet, der nichts Irdisches widerstehen kann.

So verdankt sich die Wirkung von »Die Farbe aus dem All« letztlich einem Denkproblem: Was soll das sein, eine Farbe, die nur im Analogieschluss eine Farbe ist, und wie kann eine Farbe, und sei sie noch so unbeschreiblich und unvorstellbar, ein derartiges Zerstörungspotenzial entfalten? Und weiter: Wenn es möglich wäre, mit der Farbe zu kommunizieren, was würde sie wohl sagen? Würde sie bedauern, dass sie die Gardners zugrunde gerichtet hat? Oder wären ihr ein paar Menschenleben gleichgültig? Würden sich ihr Konzepte wie *Bedauern* oder *Reue* überhaupt erschließen? Man kann diese Fragen lange wälzen. Wichtiger ist, dass sie sich in der Leseerfahrung von »Die Farbe aus dem All« mit einer solchen Wucht stellen, dass es relevant erscheint, sie zu wälzen.[39] Das Denkproblem ist freilich eines, das, gleich der Drohung des Dämons, die Eingeweide und Fingerspitzen betrifft; es betrifft, mit anderen Worten, die physische Existenz des Menschen – in all ihrer Zerbrechlichkeit genauso wie in ihrem Verlangen, über sich selbst hinauszureichen.

Vor diesem Hintergrund werden einige der Setzungen erklärbar, die Lovecraft in »Das übernatürliche Grauen in der Literatur« vornimmt. Dieser Essay, von der Anlage eigentlich eine historische Überblicksdarstellung, ist so reich an Setzungen, dass David E. Schultz ihn zum ästhetischen Manifest seines Verfassers erklärt.[40] Insbesondere zwei von ihnen lohnen der näheren Betrachtung. Wir haben bereits gesehen, dass Lovecraft das Andeutungsvolle und die Ernsthaftigkeit betont, wenn er darlegt, was die *true weird tale* auszeichnet. Beides ist ganz wesentlich eine Frage der realistischen Codierung. Um zu erfassen, was das bedeutet, ist es hilfreich, sich zu vergegenwärtigen, was Lovecraft *nicht* als realistisch gilt – nämlich »die Literatur der lediglich physischen Angst und des alltäglichen Grauens«.[41] Hier ist eine Idee von Horror aufgerufen, die ihre Erfüllung findet in wahnsinnigen Serienmördern und ausgeklügelten Folterapparaten; ihr andersweltliches Vorstellungsvermögen wäre höchstens für einen Verein verblendeter Satanisten oder fanatischer Sektierer hinreichend. Kurzum, »die Literatur der lediglich physischen Angst und des alltäglichen Grauens« entfernt sich denkbar weit von allem Kosmischen. Sie ist im selben Sinn realistisch wie ein Fleck Tomatensoße auf dem Hemd oder eine Fahrradpanne. Das heißt also, sie bestätigt das Denken und Fühlen, anstatt es herauszufordern. Die Fantasietätigkeit ist dann häufig darauf gerichtet, die »physische Angst« noch ein bisschen physischer zu machen; mit gutem Grund wissen es die Connaisseurs und Connaisseusen von Slashern und Kriminalromanen der robusteren Machart zu schätzen, wenn ihnen immer neue, möglichst kreative und bizarre Methoden präsentiert werden, einen Menschen ums Leben zu bringen.

Die naturhaften Gesetzmäßigkeiten, auf denen die Wirklichkeit ruht, werden freilich nicht angetastet durch das Verbrechen und die Gewalttat, mögen sie auch noch so blutig und schändlich sein. Darum kann die Kosmische Angst wenig anfangen mit dem »alltäglichen Grauen« und einem ihm korrespondierenden Realismusbegriff. Sie benötigt einen anderen Realismus. Einen Realismus, der die Wirklichkeit an ihren Grenzen und Rändern aufsucht. Und der das Mögliche und das Unmögliche, das Denkbare und das Undenkbare auf eine Weise miteinander verbindet, dass sie als Elemente eines Kontinuums erscheinen. Dieser Realismus genügt dem eigenen Anspruch insoweit, wie er es vermag, das Maß dessen, was als Wirklichkeit anerkannt wird – und zwar nicht in einem psychologischen, sondern in einem naturwissenschaftlichen Sinn –, zumindest für die Dauer der Kunsterfahrung zu verändern.

Im Lauf seines Lebens hat Lovecraft eine Konzeption von Horrorliteratur entwickelt, die einem solchen Realismusbegriff entspricht. »Nur in unreifer, schundhafter Scharlatan-Fiktion geht es an«, so schreibt er in den »Notizen über das Schreiben von Weird Fiction«, »einen Bericht über unmögliche, unwahrscheinliche oder unfassbare Phänomene als gewöhnliche Erzählung voller sachlicher Handlungen und konventioneller Gefühle wiederzugeben. Unfassbare Ereignisse und Zustände müssen ein besonderes Hindernis überwinden, und das kann nur geschehen, wenn man in jeder Phase der Geschichte einen sorgfältigen Realismus walten lässt – außer in jener, die an das eine, vorgegebene Wunder rührt. Dieses Wunder muss sehr eindrücklich und überlegt gestaltet werden – mit einem sorgfältigen emotionalen ›Aufbau‹ –, sonst wird es platt und wenig überzeugend erscheinen.«[42]

Der Realismus dient Lovecraft also, schlicht gesagt, dazu, das Unwahrscheinliche und Unmögliche zu plausibilisieren. Er stellt eine Wirklichkeit vor, die denselben Gesetzmäßigkeiten unterworfen ist wie unsere Alltagswelt, füllt die Lücken unseres Wissens und Verstehens aber mit grauenvollen, verstörenden und bezaubernden Bildern. Lovecraft will den Realismus des Bekannten auf einen Realismus des Unbekannten hin erweitern. Dabei verdanken die »unmöglichen, unwahrscheinlichen oder unfassbaren Phänomene« ihre ästhetische Wirkmacht keineswegs der schieren

Krassheit. Nicht maximal schrill oder exzentrisch müssen sie sein, sondern anschlussfähig, was die Historizität des Denkens betrifft, das heißt den Stand der Kenntnis, Unkenntnis oder vermeintlichen Kenntnis über die Funktionsweise des Universums. Das Faszinosum, welches die Farbe, die keine Farbe ist, zu entfalten vermag, hängt eben damit zusammen, dass dieses »Phänomen« in sich die Pole des Eingängigen und Unvorstellbaren vereint. Eine Farbe, die nur im Analogieschluss als Farbe bezeichnet werden kann – das leuchtet sofort ein und sprengt zugleich den menschlichen Verstand.

In einem Brief, den er im Februar 1931 an Frank Belknap Long schrieb, erläutert Lovecraft diesen Zusammenhang: »Die Zeit ist gekommen, wenn die gewöhnliche Revolte gegen Zeit, Raum & Materie eine Form annehmen muss, die nicht offenkundig unvereinbar ist mit dem, was wir über die Wirklichkeit wissen, wenn sie befriedigt werden muss durch Bilder, die eher *Ergänzungen* als *Widersprüche* zu dem sicht- & messbaren Universum darstellen. Denn was anderes als eine Form *nicht-übernatürlicher kosmischer Kunst* kann dieses Gefühl der Revolte beschwichtigen – und zugleich das ihm verwandte Gefühl der Neugier befriedigen?«[43] Und exakt dies trifft auf die Farbe zu, die keine Farbe ist. Sie steht nicht rundweg in Widerspruch zu den Naturgesetzen, sondern »ergänzt«

sie. In aller Unvorstellbarkeit lässt sich vorstellen, dass es so etwas geben könnte. Das Postulat einer »nicht-übernatürlichen kosmischen Kunst« zielt auf einen Realismus des Unmöglichen; darum bedarf diese Art »kosmischer Kunst« einer Schwere, die sie ans Tatsächliche bindet; ebenso bedarf sie des Rauschhaften einer alles Tatsächliche zersetzenden Phantasmagorie. In gewisser Weise verlangt sie nach immer neuen Iterationen und Variationen der Idee einer Farbe, die nur im Analogieschluss als solche bezeichnet werden kann.

Der Ernsthaftigkeit, welche die *true weird tale* kennzeichnet, entspricht jener Realismus des Unmöglichen. Es ist ein Realismus, der darum weiß, dass die Wirklichkeit erst einmal vorhanden – beziehungsweise im Kunstwerk verbindlich gestaltet – sein muss, ehe sie der Auflösung verfällt. Wenn sich die Macht der Naturgesetze nicht erwiesen hat, können weder Schrecken noch Zauber daraus entstehen, dass sie gebrochen werden. Und wenn die Zähigkeit des Alltäglichen nicht spürbar geworden ist, bedeutet es wenig, dieses Alltägliche durch etwas Fremdes und Unfassliches zu ersetzen.

Der »sorgfältige emotionale ›Aufbau‹«, von dem Lovecraft redet, ist also weit mehr als ein dramaturgisches Erfordernis. Er zielt auf eine Zeitlichkeit, die ganz wesentlich zu einem künstlerischen Machen gehört, das Kosmische Angst hervorrufen will. Diese Zeitlichkeit betrifft vor allem die Dauer des Übertritts von der ersten in die zweite Wirklichkeit. Er muss sich mit Langsamkeit vollziehen, obgleich düstere Vorahnungen und unheilvolle Anzeichen von Beginn an gegeben sein können, sowohl in der Wahrnehmung der Figuren als auch in der Gestaltung der erzählten Welt. Darüber hinaus betrifft die Zeitlichkeit des Übergangs die Grenze zwischen den Welten. In der *true weird tale* ist die Grenze stets eine Membran. Nur eine Sinnestäuschung lässt sie als Mauer erscheinen. Diese Membran lebt und atmet, weitet und verengt sich, und für die Kosmische Angst – für die Entstehung jenes Ineinanders von rauschhaftem Schrecken und beklommener Befreiung – ist es günstig, wenn niemand, weder die Leserin noch die Figuren, ganz genau weiß, wann sich der Eintritt in die Grenzregion vollzogen hat; oder ob die Wirklichkeit je etwas anderes war als eine Grenzregion.

Hierher gehört auch die Neigung zum Allusiven. Immer wieder betont Lovecraft, dass bei der *true weird tale* alles auf »mood« und »atmosphere«, auf »Stimmung und Atmosphäre« ankomme. »Atmosphäre ist das Allerwichtigste«, erläutert er in »Das übernatürliche Grauen in der Literatur«, »denn der maßgebliche Prüfstein der Glaubwürdigkeit ist nicht die Gliederung einer Handlung, sondern das Erzeugen bestimmter Gefühle.«[44]

Und in den »Notizen über das Schreiben von Weird Fiction« heißt es: »Atmosphäre, nicht Handlung, ist das große Desiderat«; denn: »alles, was eine wundersame Geschichte je sein kann, ist ein *anschauliches Bild einer bestimmten Art von menschlicher Stimmung*«.[45]

Die »Stimmung«, um die es Lovecraft geht, ist Kosmische Angst. Und wenn die »Atmosphäre«, aus welcher Kosmische Angst entsteht, nach einem Realismus des Unmöglichen verlangt, so ist dieser Realismus seinerseits auf die Kunst des Allusiven angewiesen. Die Anspielung, derer die *true weird tale* bedarf, ist dabei nie einsinnig. Ihr eignet ein Streben nach innerer Vervielfältigung. Denn die Kosmische Angst will, dass das Entsetzliche ebenso wie das Zauberische erahnbar wird; und wenn sie vollends zu ihrem Recht kommt, gehen Schrecken und Verlockung solcherart ineinander über, dass niemand mehr weiß, wo der eine aufhört und die andere beginnt.

Tatsächlich gilt dasselbe für das Wirkliche, das Unwirkliche und das Überwirkliche. Die Allusion flicht das Band, welches die verschiedenen Aspekte jenes Realismus des Unmöglichen verknüpft und ihnen im selben Moment erlaubt, voneinander getrennt zu flottieren. Gerade aus dem Spielerischen der Wirklichkeitskonstruktion – ihrem Vermögen, zu verbinden, ohne zu fesseln – erwächst die Ernsthaftigkeit, ohne die keine *true weird tale* bestehen kann: »Darum sollte ein Autor phantastischer Literatur zusehen, dass er den Nachdruck ganz wesentlich auf subtile Suggestion legt – unmerkliche Hinweise und Andeutungen ausgewählter, assoziativer Details, welche Stimmungsschattierungen ausdrücken und eine vage Illusion der seltsamen Wirklichkeit des Unwirklichen aufbauen –, anstatt auf armselige Kataloge unglaublicher Geschehnisse, die weder Substanz noch Bedeutung haben, wenn man davon absieht, dass sie Farbwolken und Stimmungssymbolismus aufrechterhalten. Eine ernsthafte Geschichte für Erwachsene muss einen realen Lebensbezug haben. Da wundersame Geschichten das wahre Leben nicht *abbilden* können, müssen sie etwas betonen, das ihnen *dennoch* Wahrhaftigkeit erlaubt, namentlich gewisse wehmütige und ruhelose *Stimmungen* des menschlichen Geistes, in denen er versucht, hauchzarte Leitern zu weben, über die er vor der ärgerlichen Tyrannei von Zeit, Raum und Naturgesetzen flieht.«[46] Diese Passage entstammt einem weiteren kurzen Essay, den Lovecraft gegen Ende seines Lebens veröffentlichte. In »Einige Notizen über interplanetare Fiktion« (»Some Notes on Interplanetary Fiction«, 1935) wird sehr deutlich, dass es eine *Sehnsucht* nach Kosmischer Angst gibt. Sie erwächst aus dem Verlangen, wenigstens »momentweise«, im Kunstgenuss, befreit zu werden vom Joch der Zeit und des Raumes.

Doch dieses Verlangen muss gegen die Empirie einer lebenslangen Knechtschaft ankommen. Darum kann es nicht einfach so tun, als ob unten in Wahrheit oben wäre. Zugleich *muss* es aber zumindest ein Stück weit das Untere nach oben kehren, etwa so, dass Oben und Unten ineinander verkantet sind. Es gilt, das Wissen um die Verfasstheit und Bedingtheit des Wirklichen (seiner Vorläufigkeit, Unvollständigkeit und möglichen Fehlerhaftigkeit zum Trotz) als eine Ordnung des Sinnlichen und der Wahrnehmbarkeit anzuerkennen. Es gilt, die Herrschaft des Tatsächlichen zu bezeugen. Zugleich gilt es, alldem ein Nein entgegenzuhalten. Kein offener Aufstand gegen das Gesetz ist gefragt; das Schlupfloch zwischen zwei Paragrafen muss gefunden werden. Das Blatt ist ein Blatt, und es ist grün. Aber wenn das Licht zu einer bestimmten Stunde in einem bestimmten Winkel einfällt, mag es sich in etwas verwandeln, das noch kein Mensch gesehen hat. Dann werden Äderchen zu Straßen, die in fluoreszierenden Farben leuchten und hin zu ungeahnten Orten führen. Aber weil niemand glauben kann, dass dergleichen möglich ist, muss das Blatt zugleich Blatt bleiben. Dieses *Zugleich* ist als Denkfigur eine Waffe. Es gibt noch andere; viele sogar. Tatsächlich kann sich im Reich von Raum und Zeit fast alles gegen die Herrscher wenden. Nur ist nichts stark genug, sie offen herauszufordern. Darum führt die Allusion einen Partisanenkampf gegen die Wirklichkeit.

Im *Zugleich* ist freilich selbst noch ein »zugleich« enthalten. Dieses doppelte Zugleich verweist auf den Widerspruch, der die Kosmische Angst erst konstituiert. Denn Raum und Zeit sind Tyrannen, die ihre Untertanen zwar in eine strenge Fron zwingen, ihr Reich jedoch wohl zu schützen wissen. Wogegen schützen sie es? Gegen die ersehnte und gefürchtete Unbegreiflichkeit, die jenseits der Grenzen liegt, die sich der Herrschaft von Raum und Zeit entzieht, immer schon entzogen hat und immer entziehen wird. So mächtig ist dieses Jenseits, dass Raum und Zeit – und mit ihnen ihr gewaltiges Reich – selbst vor ihm verzwergen. Vielleicht sind sie am Ende doch eher Hofnarren als Könige mit Krone, Zepter und Purpurmantel? Doch dann ist die Frage: Was macht das aus ihren Untertanen?

5.

So wird deutlich, warum die Kosmische Angst eine nicht zuletzt sinnliche Sättigung mit Wirklichkeit benötigt – und ebenso die unendliche Freiheit, welche in der Anspielung liegt, die letztlich auf nichts verweist. Wenigstens auf nichts, was sich mit einem klaren Gedanken denken oder einer begrifflich identifizierenden Sprache fassen ließe. So wird auch deutlich, warum das Kind auf die Geborgenheit seines Bettes angewiesen ist (die liebende Nähe der Eltern, wenn sie liebend ist, mag ebenfalls helfen), um die Bekanntschaft mit Kosmischer Angst wagen zu können. Es ist ganz einfach: Auf der Intensivstation, mit einem Schlauch im Mund und einem Katheter im Arm, befindet man sich in zu großer Nähe dessen, was jenseits der Grenzen von Raum und Zeit liegt, als dass man dieses Jenseits phantasmatisch erkunden wollte.

Und schließlich wird auch deutlich, was sich für handwerkliche Probleme mit der Erzeugung von Kosmischer Angst verbinden. Bezogen auf die Literatur lässt sich beispielsweise sagen, dass ein Text, der um Kosmische Angst bemüht ist, weder zu kurz noch zu lang sein darf. Ist er zu kurz, setzt sich die erzählte Welt der Gefahr aus, gegenüber einer historisch situierten Idee von Alltagswirklichkeit im Abstrakten und Unverbindlichen zu verbleiben. Ist er zu lang, bekommt er es mit zwei erbitterten Widersachern der Kosmischen Angst zu tun: Handlung und Figurenentwicklung. Beiden ist die Kosmische Angst spinnefeind, da sie gerade nach dem verlangen, was die »Stimmung« und die »Atmosphäre«, die der Realismus des Unmöglichen aus Allusionen webt, im Innersten bedroht: Wandlung, Dynamik und Exposition. Jene

»Stimmung« und jene »Atmosphäre«, die zur Erzeugung Kosmischer Angst notwendig sind, sind nämlich etwas überaus Heikles; sie gleichen der Kugel, die auf der Spitze einer Pyramide steht. Jedes Zuviel und jedes Zuwenig kann die prekäre Balance zerstören. Das Zuviel birgt die Gefahr von Banalität und Trivialität, die Abgeschmacktheit des Längst-schon-Gedachten, Längst-schon-Gefühlten und Längst-schon-Verstandenen. Dann ist Cthulhu einfach nur ein weiteres Tentakelmonster. Aber auch das Zuwenig kann die Kosmische Angst nicht akzeptieren. Denn die Allusion, die sich im Nebulösen und Unverbindlichen verliert, ist wie ein Raunen aus zahnlosem Mund. Ihr fehlt der Biss der zweiten Wirklichkeit, die eben zugleich vorstellbar und unvorstellbar sein muss.

Darum wird man wohl keinen Roman finden, der sich als Ganzes der Kosmischen Angst verschrieben hat. Doch auch für Erzählungen gilt, dass sie Kosmische Angst eben nur »momentweise« erzeugen können. Nicht umsonst betont Lovecraft, man dürfe »eine unheimliche Geschichte« – eine *weird tale* also – »nicht nach der Absicht des Autors oder dem bloßen Aufbau der Handlung beurteilen, sondern nach dem emotionalen Niveau, das sie an ihrer am weitesten von unserer alltäglichen Realität entfernten Stelle erreicht«.[47] Weiter schreibt er: »Werden die richtigen Gefühle geweckt« – das heißt der Kosmischen Angst zumindest verwandte Gefühle –, »muss ein solcher ›Höhepunkt‹ wegen seiner spezifischen Vorzüge als unheimliche Literatur anerkannt werden, unabhängig davon, wie prosaisch er später verflacht wird.«[48] Indessen sind nicht nur Romane und Erzählungen diesen Einschränkungen unterworfen. Mutatis mutandis treffen sie auf jedes Kunstwerk in jeglichem Medium zu, das sich um die Kosmische Angst bemüht: auf den Film ebenso wie das Videospiel, die lyrische und die musikalische Komposition und wohl selbst auf das Bild oder die Plastik, insofern wohl immer nur einzelne Aspekte oder Elemente des Gestalteten ein Gefühl von Kosmischer Angst evozieren.

Offenbar handelt es sich bei der Kosmischen Angst um ein flüchtiges Ding. So flüchtig ist sie, dass man der Annahme zugeneigt sein könnte, sie existiere recht eigentlich nur als Idee. Fest steht, dass die ästhetischen Wirkungen, die sich mit ihr verbinden, kaum je zur vollen Entfaltung gelangen. Wenn die Kosmische Angst aufscheint, tut sie es zumeist als Ahnung oder Andeutung ihrer selbst. Jedoch wäre es verfehlt, hierin den Nachweis zu erkennen, dass sie an unbehebbaren Konstruktionsfehlern leide oder sich grundsätzlich eine zweitrangige Kunstproduktion zur Heimat erwählen würde. Tatsächlich gehört das Ephemere der Kosmischen Angst wesentlich zu ihrer Poetik. Sie will etwas erfahrbar machen, das nicht existiert.

Kosmische Angst würde sich vollgültig nur dann ereignen, wenn ein sterbender Mensch, im Wissen, dass er stirbt, dieses *Ich sterbe* erleiden und zugleich als ästhetische Erfahrung reflektieren und genießen könnte. Somit bezeichnet sie die Linie, auf der ein Diesseits und ein Jenseits von Raum und Zeit sich berühren, sodass weder das eine noch das andere da ist, beide da sind und nicht da sind in einer Verbindung, die das Fassungs- und Vorstellungsvermögen des menschlichen Geistes um eben jene Unendlichkeit überschreitet, die mich, *wie ich am Schreibtisch sitze und diese Worte tippe*, von mir scheidet, *wie ich im Grab liege* – oder zwischen den Sternen schwebe – *und tot bin.*

Insofern ist es schon viel, sehr viel, wenn uns eine Kunst, die sich der Kosmischen Angst verpflichtet weiß, auf hundert oder tausend (oder hunderttausend) Schritte an jene Linie heranführt, sie uns im Denken und Fühlen erahnen lässt: die unfassliche Grenze verwandelnd in eine zweite Wirklichkeit voller Schrecken und Wunder, sodass wir im selben Moment vergessen und uns daran erinnern können, dass wir alle eines Tages, vielleicht ganz jäh und unerwartet, auf ihr stehen werden.

Die Verneinung

1.

Wir können den Innenraum des Todes nicht betreten, solange wir leben. Und wenn wir ihn betreten, existieren »wir« nicht mehr – jedenfalls nicht in einer an Raum und Zeit gebundenen Form. Darum ist das Scheitern unabdingbar Teil jeder Poetik der Kosmischen Angst. Mit diesem Scheitern gehen Frustration und Enttäuschung einher. Aber es stellt sich auch Erleichterung ein, wenn sich erweist, dass der Abgrund, in den wir stürzen, doch nur aus Druckerschwärze auf Papier besteht.

Die Kosmische Angst entzieht sich dem Zugriff. Gerade wenn man meint, man könnte sie fassen und als innere Wahrheit ergründen, verschließt sie sich von Neuem. Das liegt daran, dass Kosmische Angst, als »Stimmung« und »Atmosphäre«, in der zeitlichen Stillstellung jenes höchst prekären, gleichsam metaphysischen Balanceakts zwischen Auflösung und erneuter Verfestigung von Raum und Zeit erfahrbar wird. In der Kosmischen Angst bleibt also stets ein Anteil von Unaussprechlichem. Es gibt keine Worte und Gedanken, die das bezeichnen könnten, was aufscheint, wenn sich die Kosmische Angst »momentweise« in der Kunsterfahrung realisiert. Bei alldem dient ihr der Tod – oder die Idee einer ultimativen Auflösung von Subjektivität im Tod – als Anker, dessen Flunken sich tief eingraben in die alltägliche, leibhafte Erfahrung von Altern, Krankheit, Erschöpfung, Müdigkeit und Zweifel; aber auch in die ebenso alltägliche und leibhafte Erfahrung einer unstillbaren Sehnsucht nach dem, was jenseits des Horizonts liegt. Und das heißt: zuletzt noch in die Erfahrung des Glücks, das damit einhergeht, den schwindenden Horizont wenigstens für Augenblicke anzurühren.

Nun gibt es nicht nur Poetiken der Kosmischen Angst. Ihnen korrespondiert etwas, das man als Philosophie, Weltanschauung oder Ideologie des Kosmischen Horrors bezeichnen könnte. Beide sind nicht deckungsgleich. Ebenso wenig lassen sie sich sauber voneinander scheiden. Wer wissen will, was es auf sich hat mit einer solchen kosmisch-horribelen Philosophie, mag sich ebenfalls an Lovecraft wenden. Schließlich haben wir es hier, folgt man S. T. Joshi, mit einem Autor zu tun, dessen Leben, Werk und Denken in seltener Weise eine »philosophische und ästhetische Einheit« bilden.[49] Da Lovecraft, wie allgemein bekannt, Rassist und Anti-Demokrat war,[50] liegt es nahe, den Kosmischen Horror – zumindest, sofern er eben *Lovecraftian* ist – als etwas zu betrachten, das sich reaktionären Ideologemen andient. Die Angst vor dem Unbekannten wäre dann schlicht die Angst vor Alterität in jeglicher Gestalt. Erzählungen wie »Die lauernde Furcht« (»The Lurking Fear«, 1922/1923), »Grauen in Red Hook« (»The Horror at Red Hook«, 1925/1927) und »Schatten über Innsmouth« (»The Shadow over Innsmouth«, 1931/1936) scheinen eine solche Deutung zu bestätigen.[51] Andererseits eignet dem Kosmischen Horror eine Widerständigkeit gegenüber allegorisierenden Verfahren und einsinnigen Interpretationen, die dafür sorgt, dass er sich nicht ohne Weiteres für politische Botschaften – wie immer diese im Einzelnen geartet sein mögen – nutzbar machen lässt. Fest steht, dass der Schriftsteller H. P. Lovecraft dort am langweiligsten ist, wo ihm der Rassismus die Feder führt. Der Kosmische Horror ist dagegen gerade damit befasst, die Bedeutung des Menschlichen per se zu negieren. Was nottut, ist also weniger die Beglaubigung der eigenen guten Gesinnung. Vielmehr gilt es, das Wesen dieser Negation zu verstehen.

Sie ist universaler Natur. Das vor allem lehrt uns Lovecraft, sofern er Ernst macht mit der eigenen Philosophie. Dann nämlich ist sein Standpunkt der eines »cosmic indifferentism«, eines »kosmischen Indifferentismus« also, der weder Schranken von Hautfarbe noch von Geschlecht, Religion oder sexueller Neigung anerkennt.[52] In der Radikalität, mit der diese Indifferenz die Vorstellung desavouiert, dass dem Menschen irgendwie eine besondere Würde zukomme, ist sie überaus demokratisch. Alle Menschen sind gleich – gleich lächerlich, gleich nichtig, gleich absurd. Wenn Lovecraft über die Bedeutungslosigkeit des Irdischen im Allgemeinen und des *Homo sapiens* im Besonderen spricht, offenbar eines seiner Lieblingsthemen, lässt er es nicht an Deutlichkeit fehlen: »Kollektiver Selbstmord ist die logischste Sache der Welt – wir verweigern uns ihm nur aufgrund unserer primitiven Feigheit und kindischen Angst vor dem Dunkel. Wären wir vernünftig, würden wir den Tod suchen – dieselbe köstliche Leere, die wir vor unserer Existenz genossen. Es ist egal, was mit der Rasse geschieht – innerhalb des Kosmos ist die Existenz oder Nicht-Existenz der Erde und ihrer elenden Bewohner völlig unerheblich. Arktur würde genauso frohgelaunt leuchten, wenn das ganze Sonnensystem ausgelöscht wäre.«[53]

Zweifellos ist hier ein nihilistischer Standpunkt formuliert. Was genau heißt das? Es gibt den Nihilismus als Modephänomen; als solcher wirkt er vor allem auf junge bis mittelalte Männer anziehend, die sich in der Pose radikaler Abgeklärtheit gefallen. Es gibt den Nihilismus auch als Feier einer satanischen Amoralität, die häufig mit dem Traum einer nordisch-urwüchsigen Herrenrasse im Zeichen des Gehörnten einhergeht. Lovecraft hat mit beidem nichts zu schaffen, würde derartige Attitüden und Vorstellungen vielmehr als Kinderei abtun. Hingegen weist die Geisteshaltung etwa von E. M. Cioran oder Thomas Ligotti – wenn der eine über die Rechtfertigungslosigkeit des Daseins sinniert und der andere den Durchschnittsmenschen mit einer Marionette gleichsetzt, die von Liebe und Freiheit schwatzt, während sie in Wahrheit ein biologisches Programm durchexerziert – eine große Schnittmenge mit jener Lovecrafts auf. Doch ist der philosophisch avancierte und wissenschaftlich fundierte Antinatalismus nicht notwendigerweise von einer Perspektivierung durch das Kosmische geprägt. Wer danach sucht, wird auch auf der Erde genügend Gründe finden, um im Leben einen schlechten Witz zu erkennen.

Auch Lovecraft hätte seinen Nihilismus nicht im kalten Glanz der Sterne schmieden müssen. Wenn er es dennoch getan hat, so wahrscheinlich deshalb, weil Philosophie und Literatur in seinem Fall auf einer geteilten Poetologie des Wissens ruhen. Seine größte Entdeckung bestand darin, dass die Naturwissenschaft nicht nur alte Mythen abschafft, sondern neue hervorbringt. Sie sind Gott und Teufel unserer Zeit. In Lovecrafts Erzählungen wird, wie Claude Ernoult feststellt, das Entsetzen »durch eine unerträgliche, aber unbestreitbare Realität ausgelöst, für deren

Authentizität sich die Wissenschaft verbürgt«; er hat mithin »die Sperren« beseitigt, die Wissenschaft und Mythos voneinander trennen, »so daß letzterer erstere völlig durchdringt«.[54] Wenn es stimmen sollte, dass Lovecraft für eine kopernikanische Wende in der Literatur verantwortlich zeichnet, dann nicht allein deshalb, weil er nach Fritz Leiber, dem Urheber dieses Gedankens, »den Brennpunkt übernatürlichen Grauens vom Menschen und seiner kleinen Welt und seinen Göttern zu den Sternen und den dunklen und unausgeloteten Abgründen des interstellaren Weltraums« verschoben hat, sondern auch, weil das Grauen nunmehr in der wissenschaftlich plausibilisierten Diagnose gründet, dass das Universum »ein sinn- und seelenloser Ort« sei.[55] Die Dämonen der Moderne kriechen aus Laboren, Messstationen und Hörsälen hervor, anstatt aus Kirchen, Grüften und Ehebetten. Während Gothic und Schauerromantik mit überkommenen Werten, Institutionen und Sicherheiten ringen, ist der Kosmische Horror, wenigstens seiner philosophischen Herleitung nach, ganz auf der Höhe der Zeit. Seit Lovecraft findet die metaphysische Angst ihre Raison d'Être nicht länger in der Religion, sondern in der Wissenschaft.

Darum also braucht es die Sterne und den Weltraum. Wer wissen will, wie gewaltvoll das Leben ist, muss nur einen Blick in die Zeitung werfen. Dass auch unveräußerliche Rechte umso veräußerlicher sind, je ärmer und randständiger die Person ist, die sie gerne in Anspruch nehmen würde, darf als Binse gelten. Und dass man mitunter bereit ist, Menschen, Tiere, Bäume und Pflanzen im vielfachen Plural einer Laune zu opfern (von handfesten Interessen ganz zu schweigen), weiß ebenfalls jedes Kind. Der *kosmische* Nihilismus aber kommt erst dann zum Tragen, wenn das irdische Elend in den, aus seiner Sicht, rechten Maßstab eingerückt wird. Dieser Maßstab ist, mit einem Wort, die Entropie des Universums. Wer einen solchen Maßstab anlegt, wird feststellen, dass die grandiosesten menschlichen Taten, Gefühle und Gedanken, Errungenschaften, Missgeschicke und Verbrechen schrumpfen, bis sie eine mikroskopische Winzigkeit erreicht haben. Sie sind dann nicht einmal bedeutungslos. Sondern höchstens das unendlich ferne Echo einer allumfassenden Bedeutungslosigkeit.

2.

Was fängt man mit einem solchen Befund an? Vielleicht überhaupt nichts. Vielleicht ist das sogar die ganze Pointe. »*Nada* unser, der du bist im *nada*, *nada* sei Dein Name, Dein Reich *nada*, Dein Wille *nada*«, wie Hemingways Kellner dereinst vorbetete.[56] Allerdings will der Kosmische Horror sehr wohl etwas, wenn er sich von der Philosophie ab- und der Kunst zuwendet. Was er will, ist Kosmische Angst zu erzeugen. Sicherlich liegt ihm daran, sein Wissen nicht zu verleugnen. Er weiß aber auch, dass *nada* – handwerklich betrachtet – ein bisschen wenig ist. Auf gute Geschichten könnte der Kosmische Horror im Zweifelsfall verzichten. Nicht verzichten kann und will er hingegen auf »Stimmung« und »Atmosphäre«. Und diese beiden kommen nicht aus *nada*. Besagter Kellner ist sich darüber im Klaren; gebraucht wird ein »sauberes, gutbeleuchtetes Café«, das bis spät in die Nacht geöffnet hat und in dem alte, taube Männer, denen es nicht gelungen ist, sich umzubringen, ihren Schnaps trinken können.[57] So lebt es sich in und mit *nada*; so entstehen »Stimmung« und »Atmosphäre« und möglicherweise, als Dreingabe, gute Geschichten.

Die künstlerischen Limitationen von *nada* werfen die Frage auf, in welchem Verhältnis die Philosophie des Kosmischen Horrors zu den Poetiken der Kosmischen Angst steht. Vielleicht ist es an dieser Stelle hilfreich, zur Entropie des Universums zurückzukehren. Schließlich ist mit ihr die Letztbegründung eines Denkens bezeichnet, das die Nichtigkeit alles Menschlichen in der Nichtigkeit des unendlichen, unendlich sinnlosen Weltraums prädisponiert sieht. Wie genau haben wir uns das Ende aller Dinge vorzustellen? Ray Brassier entwickelt eine großartige Vision von jenem ultimativen »Tag der Abrechnung«.[58] Es lohnt sich, sie in Ausführlichkeit zu zitieren. Leben und Geist müssen »früher oder später mit der Desintegration des ultimativen Horizonts rechnen«, so schreibt Brassier, »wenn in ungefähr einer Billion mal Billionen mal Billionen (10^{1728}) Jahren die zunehmende Expansion des Universums den Stoff der Materie selbst aufgelöst und damit der Möglichkeit von Verkörperung ein definitives Ende gesetzt haben wird. Jeder Stern im Universum wird ausgebrannt sein, was den Kosmos in einen Zustand absoluter Finsternis versetzen und nichts als verbrauchte Hüllen kollabierter Materie hinterlassen wird. Die gesamte freie Materie, sei es auf den Oberflächen von Planeten oder im interstellaren Raum, wird sich zersetzt haben, was jegliche Überbleibsel eines auf Protonen und Chemie basierenden Lebens beseitigen und jeden Rest von Bewusstsein auslöschen wird – was immer seine physische Basis gewesen sein mag. Wenn ein Zustand erreicht ist, den Kosmologen ›Asymptopia‹ nennen, werden die über das Universum verstreuten stellaren Leichen sich schließlich in einen kurzen Sturm von Elementarteilchen auflösen. Die Atome selbst werden an diesem Punkt aufhören zu existieren. Nur die unerbittliche Ausdehnung des kosmischen Gravitationsfeldes wird sich fortsetzen, angetrieben von der bislang unerklärlichen Kraft namens ›dunkle Energie‹, die das ausgestorbene Universum tiefer und tiefer in eine ewige und unermessliche Schwärze sinken lassen wird.«[59]

Auf den ersten Blick mag es etwas possenhaft anmuten, wenn jemand mit großem Ernst und wissenschaftlicher Strenge von einem Ereignis spricht, das »in ungefähr einer Billion mal Billionen mal Billionen Jahren« zu erwarten ist – ein Zeitraum, dem gegenüber die (Pi mal Daumen) 4,5 Milliarden Jahre, die uns vom Tod der Sonne trennen, so überschaubar scheinen wie die Staffel einer Fernsehserie oder ein etwas ausgedehnterer Nachmittagsspaziergang. Aber natürlich geht es Brassier präzise darum, dass die kosmische Katastrophe nicht in einer unendlich fernen Zukunft harrt. Für das Denken hat sie immer schon stattgefunden. »Die Auslöschung besitzt gerade insofern eine transzendentale Wirksamkeit, als sie auf eine Vernichtung verweist, die weder eine Möglichkeit ist, auf die sich die tatsächliche Existenz hin orientieren könnte, noch ein gegebenes Datum, von dem eine zukünftige Existenz ihren Ausgang nehmen könnte. Es deaktiviert rückwirkend die Projektion, genauso wie es vorgreifend die Retention vernichtet. In dieser Hinsicht entfaltet sich die Auslöschung in einer ›vorhergehenden Posteriorität‹, die sich der ›zukünftigen Anteriorität‹ der menschlichen Existenz bemächtigt.«[60] Alles ist schon tot, und die Auslöschung ist letztlich eine philosophische, insofern sie »die Transzendenz einebnet, die dem Menschen zugeschrieben wird – sei es nun jene des Bewusstseins oder die des *Daseins* – und dadurch letzterem sein Privileg als Ort der Korrelation entzieht«.[61] Ein Nichts korreliert mit dem anderen; das ist alles, was bleibt.

In gewisser Weise ist das leicht zu verstehen. Was hingegen sehr schwer zu verstehen und schier unvorstellbar ist, ist die Entropie des Universums selbst: nicht auf der Ebene von naturgesetzlichen Prozessen, die »jegliche Überbleibsel eines auf Protonen und Chemie basierenden Lebens beseitigen und jeden Rest von Bewusstsein auslöschen« – sondern als sinnliche Konkretion eines buchstäblich universalen Sterbens. Schon Schopenhauer wusste, »daß der Begriff des NICHTS wesentlich relativ ist und immer sich nur auf ein bestimmtes Etwas bezieht, welches er negirt«.[62] Das heißt: »Jedes Nichts ist ein solches nur im Verhältniß zu etwas anderem gedacht, und setzt dieses Verhältniß, also auch jenes Andere, voraus«; und daraus wiederum folgt: »So wird also jedes *nihil negativum*, oder absolute Nichts, wenn einem höhern Begriff untergeordnet, als ein bloßes *nihil privativum*, oder relatives Nichts, erscheinen, welches auch immer mit Dem, was es negirt, die Zeichen vertauschen kann, so daß dann jenes als Negation, es selbst aber als Position gedacht würde.«[63] Was aber geschieht, wenn das *nihil negativum* keinem »höhern Begriff« mehr untergeordnet werden kann, wenn es kein »bestimmtes Etwas« mehr gibt, welches »negirt« werden oder mit dem das *nihil negativum* »die Zeichen vertauschen« könnte, um sich so in ein *nihil privativum* zu wandeln? Was geschieht, wenn das *nihil negativum* einen unumkehrbaren, unaufhebbaren, die Grenzen der Unendlichkeit in sich einschließenden Zustand bezeichnet – und mithin zur einzigen, objektiven Wahrheit des Universums geworden ist?

An diesem Punkt wird ein wesentlicher Unterschied zwischen der Philosophie des Kosmischen Horrors und den Poetiken der Kosmischen Angst deutlich. Die Philosophie des Kosmischen Horrors gibt es eben nur in der Einzahl, und alles, was sie kennt, ist der Abgrund der Immanenz: Noch das Ewige kollabiert in ihn, verschwindet in seinen unauslotbaren – und zugleich völlig nichtigen – Tiefen. Die Poetiken der Kosmischen Angst wissen, dass dieser Abgrund wartet, immer und überall, auf alles und jeden, halten seiner unhintergehbaren Tatsächlichkeit aber den Abgrund der Transzendenz entgegen, für den exakt dasselbe gilt. Gerade weil es unmöglich und undenkbar und philosophisch völlig verkehrt ist, beginnt die Kosmische Angst sofort, das tote Universum mit unvorstellbarem Nicht-Leben und Nicht-Dasein zu bevölkern und Reisen anzutreten durch die unendliche Schwärze, Reisen, die nirgendwo beginnen und nirgendwo enden, die durch Nichts und ins Nichts führen und ebendarum von unfasslichem Zauber sind. Aus der Perspektive einer Poetik der Kosmischen Angst markieren die »eine Billion mal Billionen mal Billionen Jahre« weder eine Nähe noch eine Ferne, weder ein Ende noch einen Anfang, sondern sind schlicht künstlerisches Material. Ebenso wie die »verbrauchten Hüllen kollabierter Materie«, die »über das Universum verstreuten stellaren Leichen« und der »kurze Sturm von Elementarteilchen«, der sie schlussendlich auflöst. Das »ausgestorbene Universum« wird der Kosmischen Angst zum gigantischen Abenteuerspielplatz.

Wohl darum hat dieses »ausgestorbene Universum« eine beträchtliche Ähnlichkeit mit dem Kinderzimmer, in dem ein junger Mensch sich auf phantasmatische Tuchfühlung mit dem Tod begibt. Für das alltägliche Denken und Fühlen kann die Auslöschung »jeglicher Überbleibsel eines auf Protonen und Chemie basierenden Lebens« nur schwer die Auslöschung des eigenen Lebens überbieten. Vom Standpunkt des Ich aus betrachtet, stoßen beide Auslöschungen, die kleine wie die große, an die Grenze des *nihil negativum* mit seinem absolutistischen Anspruch. Anders gesagt: Je konkreter das eigene Sterben wird, desto schwerer dürfte es fallen, im *nihil privativum* nicht das *nihil negativum* zu erkennen.

Den Poetiken der Kosmischen Angst kommt das zupass, weil ihr diese Gleichung (obzwar sie nicht aufgeht) erlaubt, das Intimste mit dem Fremdesten, das Persönlichste mit dem Allgemeinsten, das Eigenste mit dem Uneigensten zu verbinden. Mein Tod und der Tod des Universums. Die überfahrene Katze und die erloschene Sonne. Der Zerfall eines Sternensystems und die Erinnerung an den Geruch von Haut auf einem Kissenbezug, den man nicht zu wechseln wagt. Das Kosmische steht für die Möglichkeit ein, den Abgrund der Immanenz und den Abgrund der Transzendenz in Bezug auf das Unendliche zusammenzuführen. Poetologisch sind damit Bewegungen der Schließung und Öffnung, der Extraktion und der Kontraktion, des Aufbruchs und des Kollapses bezeichnet, die nicht stillgestellt werden dürfen.

Dieser Umstand erlaubt es außerdem, zwei andere Polaritäten zu verbinden: die absolute Sinnlosigkeit und ihr Gegenteil. Die Poetiken der Kosmischen Angst können sie in einem Indifferenzpunkt verschmelzen lassen oder in eine unausgesetzte Kippbewegung versetzen, sodass sie sich, bezogen auf die Kunsterfahrung, wechselseitig herausfordern. Nimmt man das zum Maß, was ein Mensch sich denken oder vorstellen kann, so ist die These vom Tod aller Dinge, ihrer wissenschaftlichen Fundierung ungeachtet, ebenso plausibel oder abstrus wie die Vorstellung, das Universum werde nach Ablauf von 10^{1728} Jahren in Gott eingehen.

Natürlich ist es kein Zufall, dass viele Nihilisten – Brassier, Ligotti und, bis zu einem gewissen Grad, auch Lovecraft selbst – ausgerechnet das, was an sich keine Bedeutung hat, sondern immer der politischen, historischen und theoretischen Interpretation bedarf, das Faktum, zum einzigen und damit absoluten Bedeutungsträger machen.[64] Für die Kosmische Angst aber ist »Nihilismus« zunächst nur ein wohlklingendes Wort. Was in ihr zum Ausdruck kommt, ist weder ein Glaube an das Nichts noch an Gott. Woran sie glaubt, ist die Möglichkeit, selbst die »ewige und unermessliche Schwärze« zum Strahlen zu bringen – und jenes Strahlen anschließend in eine Schwärze zu überführen, die vielleicht noch ein bisschen ewiger und unermesslicher ist. Und das allumfassende Schweigen, welches dem Menschen antwortet, der seine Not in die leere Unendlichkeit hineinschreit, verwandelt sie nicht in Hohngelächter oder Segnungen, sondern in einen fremdartigen, ebenso verlockenden wie verstörenden Gesang. Aus der absoluten Verneinung des *nihil negativum* kann also ein poetologisches »Ja« emporkommen – das umso lauter und kräftiger tönt, je mehr es auf das Nichts eingestimmt ist.

3.

Für die Kosmische Angst gehören Sinnlosigkeit und Sinnhaftigkeit zusammen. Poetologisch sind sie in einem Ineinander und Gegeneinander verbunden, das allerdings kein dialektisches ist. Ihnen entsprechen der Abgrund der Immanenz und der Abgrund der Transzendenz. Damit ist angezeigt, dass sich in der Kosmischen Angst noch Sinn und Bedeutung zu einem Ungrund des Seins fügen – sie gewähren keinen festen Stand, geben keinen Halt und keine Sicherheit. Umgekehrt ist das Nichts nicht einfach Negation und Abwesenheit. In ihm wird ein immerwährendes Fest der Auslöschung begangen; Schatten von Klängen, Stimmen, Farben und Gestalten reichen herüber aus dem Jenseits allen Raumes und aller Zeit. Das Kind, das nachts in seinem Bett liegt und ans Sterben denkt, erfährt eine grausige und verheißungsvolle Drohung: Möglicherweise weisen das schwarze Nichts des Todes und das weiße Nichts der Ewigkeit nicht nur auf ein und dieselbe unfassliche, unausweichliche und unüberschreitbare Grenze, sondern bezeichnen darüber hinaus ein und denselben zustandslosen Zustand, der sich allen denkbaren Konzepten von Subjektivität gegenüber so verhält wie die Asymptopia zum nachmittäglichen Schlummer.

Gäbe es eine Ethik der Kosmischen Angst, so entspräche ihr wahrscheinlich das Ansinnen, unsere Hoffnung und unsere Verzweiflung durch die unausgesetzte Bezugnahme auf ihr jeweiliges Gegenteil gleichermaßen als trügerisch zu entlarven; trügerisch, weil sie auf einer falschen Voraussetzung beruhen: namentlich der Vorstellung, dass die individuellen Wünsche und Bedürfnisse einen geeigneten Maßstab abgeben, um Urteile zu fällen über das Leben und den Tod. Die Kosmische Angst neigt der Auffassung zu (oder würde es tun, wenn sie sich um dergleichen scherte), dass die Idee eines festgefügten Ich, welches sich selbst als Herr und Meister gegenübertritt, die Welt dabei zum Gegenstand seines Handelns macht, sein Verhältnis zum Seienden allgemein in Subjekt-Objekt-Relationen fasst, den eigenen Standpunkt dabei wohlwollend mit jenem des Subjekts gleichsetzt, grober Unfug ist.

Damit rückt die Kosmische Angst in die Nähe einer atheistischen Mystik. Man mag dabei an Georges Bataille denken, für den der Tod »*ein wunderlicher Irrer*« ist, der »*rastlos die Pforten des Möglichen*« öffnet und wieder verschließt.[65] Bataille zeigt sich überzeugt, dass niemand »bis ans Ende des Flehens« geht, »der sich nicht in die erschöpfende Einsamkeit Gottes versetzt«; und das, was Bataille als »innere Erfahrung« (oder auch nur »Erfahrung«) bezeichnet, zielt auf »die Verschmelzung von Objekt und Subjekt, indem sie als Subjekt Nichtwissen ist, als Objekt das Unbekannte«.[66] Es handelt sich um eine Erfahrung, die »zu keinem Hafen führt (sondern zu einem Ort der Verwirrung, des Nichtsinns)«; das heißt, sie entwendet »dem Geist sogar die Antworten, die er noch auf die Fragen des Wissens zu geben wußte«.[67] Mit einem Wort: »Die Erfahrung offenbart nichts und kann den Glauben weder begründen noch von ihm ausgehen.«[68] Dafür schließt die innere Erfahrung eine überaus gefährliche und abenteuerliche Seinsdimension auf, die im Existenziellen dem ähnelt, was die Kosmische Angst als Ästhetik anstrebt. Denn sobald wir die Narkotika aufgeben, die uns das Leben bereitstellt – und als solche fasst Bataille unter anderen »*Opfer, Opportunismus, Trickserei, Poesie, Moral, Snobismus, Heroismus, Religion, Revolte, Eitelkeit, Geld*« –, enthüllt sich »*eine unerträgliche Leere*«.[69] Diese Leere echot jene, die in den Abgründen der Immanenz und Transzendenz wartet, insofern sie eine Überfülle an Potenzialitäten der Negation birgt. »Ich wollte alles sein«, schreibt Bataille, »sage ich mir jedoch, in der haltlosen Leere mich ermutigend: ›ich schäme mich, es gewollt zu haben, denn ich sehe jetzt, daß es schlafen hieß‹, so beginnt eine einzigartige Erfahrung. Der Geist bewegt sich in einer sonderbaren Welt, in der Angst und Ekstase zusammengehen.«[70]

Ganz offensichtlich hat es die Kosmische Angst ebenfalls darauf abgesehen, uns zu Bewohnern

»sonderbarer Welten« zu machen, die »Angst und Ekstase«, Grauen und Glück, Klaustrophobie und Befreiung – in einer Berührung, die Trennung, und einer Trennung, die Berührung ist – als Seelenlandschaft enthüllen; als Seelenlandschaft, die durchwandert und erforscht, mit den Augen und den Ohren erkundet, gerochen und geschmeckt, ja mit dem Atem aufgenommen werden will. Wer in einer solchen Welt sich umtut, wird sein »Ich wollte alles sein« dabei verlieren; wird sich hinausgerissen fühlen in eine unwirtliche Fremdheit, die er zugleich begehrt und fürchtet. Bei diesen Streifzügen erkunden wir das Verborgene in uns, das vom äußersten Rand des Universums oder aber aus den Kavernen des Herzens herkommt. So werden wir selbst zu einem »Sturm von Elementarteilen«, wenn Raum und Zeit in uns und um uns kollabieren. Es verlangt uns danach, dieser Sturm zu sein, dieser kosmische Wind, der alle Sehnsucht mitreißt in die »absolute Finsternis«, wo sie endlich jene nie geahnten Farben schauen kann, die ein Leben lang in ihr brannten. Natürlich währt dieser Zustand nur kurz. Er ähnelt den Momenten zwischen Schlaf und Wachen, Nacht und Dämmerung, wenn ein Gespenst durchs Zimmer huscht. Wer vermag im Nachhinein zu sagen, was er da gesehen hat; ob er überhaupt etwas gesehen hat.

Fest steht, dass Batailles »innere Erfahrung« uns bekannt machen will mit den »verbrauchten

Hüllen kollabierter Materie«, die wir waren, sind und sein werden, um uns auf den Zauber der Leere einzustimmen, die das Weltall bis zum Rand erfüllt. Vielleicht lässt er damit erkennen, dass die Geisteshaltung, welche der Philosophie oder Ideologie des Kosmischen Horrors entspricht, in der Denkpraxis gut beraten ist, sich selbst der Kosmischen Angst auszusetzen. Das universelle »Nein« des Indifferentismus verplattet sich nämlich leicht zu einer gewissen Blödheit. Dann wird das Denken tranig. Und wenn das Denken etwas mehr fürchtet als Tod und Teufel – beziehungsweise Asymptopia und dunkle Energie –, so ist es Tranigkeit.

In ähnlicher Weise begegnet E. M. Cioran der Gefahr eines verbummelten Nihilismus, indem er hemmungslos seiner ebenso zerquälten wie schwärmerischen Leidenschaft für alles Religiöse und Theologische frönt. Tatsächlich klingt er häufig wie ein Anhänger Buddhas, mitunter wie ein christlicher Häretiker (ein Katharer gar), gelegentlich einfach wie ein verzweifelter Gottsucher. Letzterer lässt beispielsweise verlauten: »Diese Spur von Licht in jedem von uns, die von jenseits unserer Geburt herrührt, von jenseits aller Geburten, sie gilt es zu bewahren, wenn wir uns mit jener fernen Klarheit wieder verbinden wollen, von der wir nie wissen werden, warum wir von ihr getrennt wurden.«[71] Oder auch: »Die Hölle, das ist die Unvorstellbarkeit des Gebets.«[72]

Man trifft aber auch auf den Antinatalisten Cioran, der kurz und bündig feststellt: »Meine Vision der Zukunft ist so genau, daß ich, falls ich Kinder hätte, sie sogleich erwürgen würde.«[73] Oder sich angesichts des Eifers, mit dem die Menschheit an ihrer Vermehrung arbeitet, in grimmigem Humorismus übt: »Es geht nicht so sehr darum, den Hunger aufs Leben zu bekämpfen, als die Lust auf ›Nachkommenschaft‹. Die Eltern, die Erzeuger, sind Provokateure oder Irre. Daß noch die letzte Mißgeburt die Gabe besitzt, Leben zu geben, ›auf die Welt zu bringen‹ – gibt es Demoralisierenderes? Wie kann man ohne Entsetzen und Abscheu an dieses Wunder denken, das aus dem nächsten besten einen Kleindemiurgen macht?«[74] Beiden, dem Gottsucher und dem Antinatalisten, steht wiederum ein Dichter gegenüber, der vor allem danach zu streben scheint, in seinen Aphorismen ein Gefühl von Kosmischer Angst zu evozieren: »Wenn sich unser die Idee bemächtigt, ein Ende zu machen, so erstreckt sich ein Raum vor uns, eine gewaltige Möglichkeit, jenseits der Zeit und der Ewigkeit selber, eine schwindelerregende Öffnung, eine Hoffnung, noch *jenseits* des Todes zu sterben«[75]; oder: »Grauenerregendes Glück. Adern, in denen sich Tausende von Planeten ausdehnen«[76]; oder: »*Am Leben sein* – plötzlich frappiert mich die Seltsamkeit dieses Ausdrucks, als passe er auf niemanden.«[77]

Es ist vorstellbar, dass Lovecraft einige dieser Äußerungen goutieren, sich bei anderen schaudernd abwenden würde. Doch bezeugen Ciorans Schriften – und zuvörderst gilt das für *Die verfehlte Schöpfung* (*Le mauvais démiurge*, 1969) –, wie eng die Verbundenheit zwischen den zwei Gestalten der Apostasie, der Abfall vom Glauben und der Abfall vom Unglauben, letztlich ist. Umgekehrt hat der Nihilist, sofern er etwas aus der Leere zu schaffen sucht, wohl keine Wahl, als entweder seine Überzeugungen oder sein Werk ein Stück weit zu verketzern. Dieser Klemme wiederum enträt auch Lovecraft nicht völlig. Jedenfalls schwingt sich das Ende von »Die Traumsuche nach dem unbekannten Kadath« (»The Dream-Quest of Unknown Kadath«, 1927/1943) zu einem schwelgerischen Lyrismus auf, einer nostalgisch-wehmütigen Heiligung von Kindheit und Herkunft, die kaum in Einklang zu bringen ist mit dem Lob des »kollektiven Selbstmords« und der höhnischen Insistenz auf der Belanglosigkeit alles Irdischen.[78] Woher kommt das erlösende Gefühl der Zugehörigkeit, welches Randolph Carter erfüllt, wenn er begreift, dass die Stadt seiner Sehnsucht nicht in andersweltlichen Regionen verborgen ist, dass sie ihm vielmehr immer schon zu eigen war, als das Boston seiner frühen Jahre? Wie ein Schutzzauber gegen die maliziösen Machenschaften Nyarlathoteps wirkt das Wissen um die Heimat. Entweder ist das

Gefühl von Glück und Schönheit, das mit diesem Wissen einhergeht, naiv, illusorisch und lächerlich; oder jener glückseligen Empfindung entspricht eine tiefere Wahrheit – dann widerfährt Carter eine Epiphanie, die nicht leichthin mit Konvention und Tradition erklärt werden kann.

Was Cioran betrifft, so gehört zu den bemerkenswerten Eigenschaften seines Werkes, dass es eine Art Orthodoxie des Nihilismus vorführt, die Glaube und Unglaube eben nicht nur apostatisch ineinander aufgehen lässt. »Alles, was wir vereinnahmen«, schreibt er, »die Kenntnisse, noch mehr als die materiellen Erwerbungen, nährt nur unsere Angst: welche Ruhe hingegen, welche Erhellung, wenn sich diese rasende Suche nach Gütern – *auch nach spirituellen* Gütern – befriedet. Es ist schon schwerwiegend ›Ich‹ zu sagen, und noch schwerer wiegt ›mein‹, denn es setzt ein Mehr an Absturz voraus, ein Verstärken unserer Weltverhaftung. Sie ist ein Trost, die Vorstellung, daß man nichts besitzt, daß man nichts ist; der höchste Trost liegt im Sieg über diese Idee selber.«[79] Und weiter: »Die Ängstigung hängt so sehr am Sein, daß sie sich davon losreißen muß, um sich selbst zu überwinden. Strebt sie danach, in Gott auszuruhen, so gelingt es nur im Maß, an dem Er dem Sein überlegen ist oder mindestens eine Zone birgt, wo das Sein sich verdünnt und spärlicher wird: wo sie gegen nichts mehr stößt, befreit sich die Angst und nähert sich jenen Grenzen, an denen Gott die letzten Spuren des Seins auslöscht und sich der Versuchung der Leere aussetzt.«[80]

Vermutlich hätte sich Cioran schlecht gemacht als Karmelit, gleichviel ob beschuht oder unbeschuht; nichtsdestotrotz lassen seine Worte an Johannes vom Kreuz denken. Diesem Heiligen gilt die Askese des Leibs nur als ein erster Schritt auf dem langen Weg zu Gott. Weit wichtiger ist die Askese der Seele. In ihren dunkelsten Nächten soll sie den Verzicht üben, den Verzicht auf Gott selbst. Die Seele muss lernen, das Schweigen Gottes, seine radikale Verborgenheit anzunehmen. Sie muss, heißt das, noch den Wunsch loslassen, dass Gott ihr Freude und Hoffnung – oder gar Erlösung – schenken möge. Erst wenn sie nichts mehr von Gott erwartet, ist sie bereit, Gott um seiner selbst willen zu lieben. Dann hat die Seele gelernt, die Leere zu ertragen, kann die Leere anschauen, sie betreten im Vertrauen darauf, dass ihr dort, in der lichtlosen Schwärze, nicht Nichts begegnen wird, sondern der Geliebte, angetan mit Gewändern der Negation. Freilich geht es bei alldem nicht um kontemplativen Extremsport, sondern um Gnade. Darum offenbart eine Spiritualität, die jener des Johannes auf den ersten Blick fast gegensätzlich erscheint, genaugenommen dieselbe Haltung. Das winzige Vögelchen, mit dem sich die wundersame Thérèse von Lisieux vergleicht, muss sich nicht nach der Sonne recken. Kaum flugfähig, vermag es nur ein paar Zentimeter über dem Boden zu flattern, während seine großen Brüder, die Adler, hoch droben durch die Lüfte schweben. Doch grämt es sich darum nicht. In seiner äußersten Kleinheit – so klein ist dieses Vögelchen, dass selbst der kalte Blick des kosmischen Indifferentismus nur schwer eine weitere Schrumpfung herbeiführen könnte – weiß es sich unendlich geliebt und unendlich bejaht.

Man darf davon ausgehen, dass sich Bataille und Cioran die meiste Zeit sehr weit entfernt von derartigen Empfindungen verortet hätten und Lovecraft den Lobpreis göttlicher Gnade für einen Ausdruck schwerer geistiger Zerrüttung oder unheilbarer Indoktrination hielt. Auch darum bräuchte es Exerzitien besonderer Art, um den Zusammenhang zwischen der atheistischen und der religiösen Mystik in der Tiefe zu ergründen. Ansätze zu einer solchen Unternehmung findet sich bei Eugene Thacker. Dabei geht es ihm um den »Horror der Philosophie«, um ein Denken also, »das sich, denkend, selbst unterminiert« und »am Rande des Abgrunds über die eigenen Füße stolpert« – kurz gesagt, um eine »Philosophie der Vergeblichkeit«.[81] Die Spuren dieses Denkens, das immerfort mit undenkbaren Gedanken beschäftigt ist, versucht er, unter anderem in der Tradition der christlichen Mystik zu verorten, etwa bei Meister

Eckhart, Angela von Foligno und eben Johannes vom Kreuz.

Dort findet er drei Arten von Dunkelheit. Zunächst ist die »dialektische Dunkelheit« zu nennen. Sie geht auf Tuchfühlung mit dem Nichts, nur um es von sich zu weisen. Der Nicht-Erfahrung, die in der Abwesenheit von Erfahrung besteht, will sie die Fülle der Erfahrung, eine Begegnung mit dem Göttlichen abringen. Die Bewegung geht also von der Negation zur Affirmation.[82] Mithin zielt die »dialektische Dunkelheit« auf das, was die Mystik des Glaubens erstrebt: ein Hineingehen, ein Sichausliefern an Dunkelheit und Leere, welches – zusammen mit der wenigstens partiellen und zeitweiligen Aufgabe des ans Irdische gebundenen Ich – die Voraussetzung dafür schafft, dass aus dieser Dunkelheit und Leere heraus Gottes Licht und Überfülle erstrahlen können. Als Zweites spricht Thacker von der »superlativen Dunkelheit«. Sie vollzieht sich jenseits des dialektischen Widerspiels einer strahlenden Schwärze, das zwischen Negation und Affirmation, Leere und Überfülle sich dynamisiert. Eingehüllt in »superlative Dunkelheit« wahrt Gott seine Verborgenheit; daher entspricht dieser Art Dunkelheit die Hingabe an die superlative Transzendenz.[83] Hier haben wir es offenbar mit der Agonie mystischer Erfahrung zu tun. In Rede steht die Ahnung einer Jenseitigkeit, die nicht mehr erfahren oder benannt werden kann, sondern in der Erfahrung die Erfahrung sprengt. Die »superlative Dunkelheit« verweist somit recht eigentlich auf die Ahnung einer Ahnung, auf eine stets gegenwärtige, zugleich unüberschreitbare Grenze: Da ist etwas Transzendentes, wiewohl wir es nicht erkennen können, weshalb es sich uns als »Nichts« darstellt. Allerdings hält die »superlative Dunkelheit« daran fest, dass es dieses Transzendente dennoch ›gibt‹, all seiner Nicht-Erkennbarkeit zum Trotz – vielleicht könnte es sogar erkannt werden, nur eben nicht mit den Mitteln des menschlichen Verstandes.[84] Vollends in ihr Recht tritt die atheistische Mystik daher erst mit der »göttlichen Dunkelheit«. Diese dritte Art von Dunkelheit trägt ihren Namen nicht, weil sie Gott im Dunkeln belässt, sondern weil sich die Dunkelheit in ihr selbst Gott ist. Dort draußen ist nichts, sagt uns die »göttliche Dunkelheit«, weder diesseits noch jenseits von Sonnen und Galaxien, Zeit und Raum, Existenz und Auslöschung. Mehr noch: Dieses Nichts ist völlig unzugänglich. Es verweigert sich jeglichem Versöhnungsversuch, ob durch das Denken oder durch den Glauben; es ist, mit einem Wort, die ewige und allmächtige Negation. Sie duldet weder Bejahung noch Erkennen, weder Liebe noch Vertrauen. Sie ist Nicht-Sein.[85]

Anhand der »inneren Erfahrung« Batailles versucht Thacker greifbar zu machen, was es mit der »göttlichen Dunkelheit« auf sich hat. Batailles

Texte würden »das Menschliche verdunkeln, es auflösen, paradoxerweise, indem sie die Schatten und die Nichtigkeit in seinem Kern enthüllen«; dabei streben sie nicht »nach einem erneuerten Wissen über das Menschliche, sondern nach etwas, das wir nur ein Unwissen über das Menschliche, oder tatsächlich das *Unmenschliche* nennen können«.[86] Das heißt also: »Batailles Mystizismus ist ein Mystizismus, dem es um die Grenzen des Menschlichen zu tun ist, und die göttliche Dunkelheit wäre so etwas wie ein Mystizismus des Unmenschlichen.«[87] Möglicherweise vermutet Thacker, die Mystikerinnen und Mystiker vergangener Jahrhunderte hätten immer einen Drang zu diesem absoluten und zugleich absolut nichtigen – und uns in seiner Nichtigkeit negierenden – Nichts hin verspürt, seien aber von den Konventionen ihrer Zeit oder ihrer eigenen Sehnsucht nach Sinnhaftigkeit und Geborgenheit daran gehindert worden, die letzten Konsequenzen aus diesem Ansatz zu ziehen. Wenn er schreibt, dass er beabsichtige, die mystischen Texte einer »irreligiösen Fehllektüre«[88] zu unterziehen, ist damit jedenfalls eine Grenze seines Unterfangens bezeichnet. Er betrachtet die mystische Erfahrung als Gegenstand eines Denkens, das die radikale Immanenz auf ihr Undenkbares hin projiziert. Die *unio mystica* bezeichnet in dieser Vorstellung einen Flirt mit dem Tod, der freilich, mag er auch zunächst ein wenig spröde tun und sich zieren, bald schon als himmlischer Bräutigam bereitstehen wird.

Hier ist, einmal mehr, ein Unterschied zu erkennen zwischen dem Kosmischen Horror und der Kosmischen Angst. Aus Perspektive der Letzteren lassen sich die drei Arten von mystischer Dunkelheit zu je verschiedenen künstlerischen Gestaltungmitteln ausformen. Die Verkehrung von Negation zu Affirmation, von einer alles verschlingenden Schwärze zu einem das Universum überstrahlenden Licht, gehört genauso zum Repertoire der Kosmischen Angst wie die Evokation eines auf ewig verborgenen Geheimnisses, dessen Sakralität an der Grenze jener Verborgenheit als insistierende Ahnung sich enthüllt. Und noch das Grauen des unerkennbaren und unversöhnlichen Nichts, dessen Macht sich gerade darin erweist, dass es ›nichts macht‹, nicht einmal das Grauen, ist in den Poetiken der Kosmischen Angst eine Wirkung unter anderen. Die drei Dunkelheiten stehen in keiner Hierarchie und werden auch nicht entsprechend ihrer Radikalität und Inkommensurabilität gewürdigt. Vielmehr neigt die Kosmische Angst zu einer pragmatischen Handhabung. Nützlich ist, was immer sie bei dem Unterfangen gebrauchen kann, im lichtdurchfluteten Blattwerk einer vom Wind gewiegten Baumkrone den Tod des Universums zu erkunden – und umgekehrt.

4.

Wenn der Kosmische Horror die Kosmische Angst in zu hohen Dosen aufnimmt, gerät er mit sich selbst in Konflikt und durchläuft eine Transformation. Denn als konstituierendes Prinzip ist der allumfassende Indifferentismus, auf dem jene Spielart des Horrors fußt, nicht durchzuhalten, wenn das poetologische Spiel mit den Abgründen der Immanenz und Transzendenz beginnt. Hingegen ist es der Kosmischen Angst möglich, Ästhetik, Haltung und Philosophie des Kosmischen Horrors nahezu unbegrenzt sich anzuverwandeln. Das führt zu einem Nihilismus zweiter Ordnung – der ebenso ein Anti-Nihilismus ist –, da die Kosmische Angst nicht einmal das Nichts ganz ernst nimmt; zumindest nicht, insofern es Negation sein will oder sein muss. Gerade diese Distanziertheit gegenüber der Würde des Nichts befähigt die Kosmische Angst in ihren ästhetischen Permutationen dazu, tiefer in die Leere vorzudringen, als der reine Gedanke es könnte. Sobald die Abgründe der Immanenz und Transzendenz sich öffnen, wird das Nichts auf etwas ihm Widerstreitendes bezogen. Der Kollaps von Differenz und Opposition sorgt dann dafür, dass die unermessliche Ausweglosigkeit eines Schreckens spürbar wird, der Leben und Tod gleichermaßen umfasst und darum im Versuch einer unmittelbaren Darstellung eher versteckt als freigelegt würde.

In seinen beiden Hauptwerken, *Das Haus an der Grenze* (*The House on the Borderland*, 1908) und *Das Nachtland* (*The Night Land*, 1912), hat William Hope Hodgson diese Bewegung nicht einmal, sondern wiederholt vollzogen – und dabei den Abgrund im Abgrund erkundet. Zu sagen, dass *Das Haus an der Grenze* und *Das Nachtland* beispielhaft sind, wäre insofern falsch, als die Tradition der *weird tale*, ihrem Reichtum zum Trotz, wohl keine vergleichbaren Texte hervorgebracht hat. Allerdings darf man Hodgsons Romanen – was in geringerem Maße auch für *Die Boote der »Glen Carrig«* (*The Boats of the »Glen Carrig«*, 1907) gilt – ruhigen Gewissens eine paradigmatische Bedeutung zuschreiben, wenn es darum geht, die Möglichkeiten einer Kunstproduktion auszuloten, die sich im Zeichen der Kosmischen Angst vollzieht. Dass Hodgson zu den Autoren zählt, die, wie Arthur Machen und Algernon Blackwood, heutzutage vornehmlich gelesen werden, weil Lovecraft sie schätzte, ist insofern der Erwähnung wert, als *Das Haus an der Grenze* und *Das Nachtland* eine Potenzialität der *true weird tale* aufschließen, die vielleicht nicht zuletzt wegen des Siegeszuges der Tentakelmonster und Kultisten weitgehend unerforscht geblieben ist. Die Horrorliteratur erweist sich hier nämlich (soweit das überhaupt möglich ist) als Form des ästhetischen Nachvollzugs einer mystischen Erfahrung, deren Nullpunkt die Zusammenführung von Glauben und Unglauben bildet.

Tatsächlich geben *Das Haus an der Grenze* und *Das Nachtland* eine Vielzahl an poetologischen Rätseln auf. Besonders erstaunlich ist dabei das Rätsel ihrer *Heimtücke*. Im Fall von *Das Nachtland* geht diese Heimtücke einher mit dem merkwürdigen Phänomen eines Dilettantismus, der, als Dilettantismus, höchste Kunstfertigkeit hervorbringt. Es handelt sich nämlich um ein Buch, das über weite Strecken sehr schlecht geschrieben ist. Heimtückisch sind die literarischen Defizite insofern, als sie die Leserin in Sicherheit wiegen. Zunächst muss man sich nämlich durch ein Dutzend Seiten mühen, die in ungelenk-archaisierender Sprache davon berichten, wie der Ich-Erzähler, ein Gentleman des 17. Jahrhunderts, den Tod seiner Ehefrau Mirdath betrauert, bis ihm träumend eine ferne Zukunft enthüllt wird, in der er von Neuem mit der Geliebten vereint sein wird. Doch die Zukunft, um die es in *Das Nachtland* geht, ist eine Zukunft jenseits aller Zukunft. Die Sonne ist bereits vor Äonen gestorben, und mit ihr die Welt. Die letzten Menschen haben sich in einer gigantischen Pyramide verschanzt. Hier harren sie in verstörend heimeliger Verzweiflung aus, während sie sich von unermesslicher Einsamkeit und Schwärze umlagert sehen. Aber sie sind nicht allein. Im Tod ist die Welt zu neuem, jenseitigem Leben erwacht, und geheimnisvolle, von nie versiegendem Hass erfüllte Wesenheiten warten auf der anderen Seite des Schutzschildes, der die Pyramide umgibt.

Völlig zu Recht beschreibt China Miéville *Das Nachtland* als »Bestiarium und Atlas des trostlosesten Schreckens, der vorstellbar ist«; und völlig zu Recht fügt er hinzu, Hodgsons Buch sei erfüllt von »solch atemberaubender Vorstellungskraft, solch ehrfurchtgebietender und entsetzlicher Schönheit, solcher *Majestät*, dass es seinen eigenen Fehlern trotzt und ein Meisterwerk ist«.[89] Vielleicht hängt die Wirkung von *Das Nachtland* aber genau damit zusammen, dass man einem Autor, der so schlecht schreibt, wie Hodgson es des Öfteren tut, eigentlich kaum die Fähigkeit und Kompetenz zutrauen würde, derart mächtige Gefühle von Schrecken, Schönheit und Majestät hervorzurufen. Und noch weniger stellt man sich vor, dass es ihm gelingen könnte, ein derart unwahrscheinliches Szenario mit einer metaphysischen Ernsthaftigkeit zu erfüllen, die schaudern macht. So erhält *Das Nachtland* eine seltsame und durchaus beunruhigende Qualität von *Zeugenschaft*. Es ist, als wäre Hodgson selbst die Vision zuteilgeworden, die er jenem trauernden Gentleman zuschreibt; als hätte sich das, was er da sah und hörte, mit solcher

Wucht in seine Seele gebohrt, dass er nicht anders konnte, als Bericht davon zu erstatten. Und als hätte sich die Tatsächlichkeit dessen, was Hodgson sah und hörte, in all ihrer Unfasslichkeit gegen seine schriftstellerischen Limitationen durchgesetzt.

Emblematisch für die lockende Drohung des über dem Nachtland waltenden Geheimnisses ist das »Haus der Stille«. Es steht weit im Norden auf einem niedrigen Hügel. Was weiß der Ich-Erzähler vom Haus der Stille? Nur das: »Und in dem Haus gab es viele Lichter, und keine Geräusche. Und so war es gewesen seit einer unzählbaren Ewigkeit von Jahren. Immer diese beständigen Lichter, und kein Flüstern eines Geräuschs«[90] – doch in der Verborgenheit ein paar spröder Worte wartet ein unauslotbares Grauen. Die Kargheit der Beschreibung scheint der Preis dafür, dass es überhaupt möglich ist, vom Haus der Stille zu sprechen. Immerzu begegnet uns das Nachtland in dieser Weise: sich aus der Verborgenheit heraus enthüllend; in der Enthüllung sich verbergend. So ist es ein unmöglicher Ort von überwältigender Wahrhaftigkeit, den man niemals wirklich betritt und niemals wirklich wieder verlässt.

Auch *Das Haus an der Grenze* begibt sich tief hinein in die Abgründe der Zeit und des Raumes. Die Arglist des kurzen Romans rührt dabei von dem Umstand her, dass er sich als recht konventionelle Gespenstergeschichte vorstellt. Bekanntlich neigen literarische Erzeugnisse dieser Art dazu, eine Selbstbeglaubigung über Herausgeberfiktionen zu betreiben. Im Falle von *Das Haus an der Grenze* sind es die Herrschaften Tonnison und Berreggnog, denen während eines Angelurlaubs im einsamen Westen Irlands ein Manuskript in die Hände fällt. Auf nicht näher erläuterten Wegen geht es in den Besitz von William Hope Hodgson (oder »William Hope Hodgson«) über, der es dreißig Jahre nach dem ursprünglichen Fund, im Herbst 1907, zur Publikation aufbereitet. Als Verfasser firmiert ein namenloser alter Mann, der seinen Lebensabend im County Galway verbringt. Er hat ein abgelegenes Haus bezogen, das seit vielen Jahrzehnten leer steht und seit Jahrhunderten übel beleumdet ist – der Teufel habe es erbaut, erzählt man in den Dörfern. Zu dem Zeitpunkt, als die Aufzeichnungen des alten Mannes einsetzen, hat er etwa zehn Jahre in dem Haus verbracht. Seine Schwester Mary und sein Hund Pepper leisten ihm Gesellschaft. Anfangs, so erfährt man, hat auch die Frau des Ich-Erzählers in dem unheimlichen Haus gelebt. Doch teilt er das Schicksal des Gentlemans aus *Das Nachtland*: Seine Geliebte starb, und er konnte den Verlust nie verwinden. Das Andenken an die Tote ist also mit dem Haus verbunden. Das ist auch die einzige Begründung, die der alte Mann im Verlauf seiner Aufzeichnungen dafür nennt, weshalb er trotz allem, was sich ereignen wird, keinen Fluchtversuch unternimmt.

Seine Heimsuchung bewegt sich zunächst im Rahmen dessen, was von einer Geschichte rund um ein Spukhaus zu erwarten ist. Über die Jahre hinweg spürt der alte Mann immer wieder eine Präsenz in den leeren Räumen und Korridoren seiner Wohnstätte, ohne darum jedoch ernstlich beunruhigt zu sein. Eines Winterabends aber, als er lesend in seinem Arbeitszimmer sitzt, verfärben sich plötzlich die Kerzenflammen; sie werden erst grün, dann rot, und ehe sich der alte Mann, und mit ihm die Leserschaft, versieht, hat *Das Haus an der Grenze* die eigene Poetik einer radikalen Transformation unterzogen: Mit einem Mal lässt Hodgson alles, was an den behaglichen Grusel überkommener Gespenstergeschichten erinnert, weit hinter sich. Das ist buchstäblich zu verstehen: Der Ich-Erzähler wird seinem Sessel, seinem Arbeitszimmer, seinem Haus entwendet. Es geht in den eisigen Nachthimmel, ins Weltall, und hin zum Ende des Universums, wo sich der alte Mann auf einer endlosen, verödeten Ebene wiederfindet. Es treibt ihn auch dort noch weiter, bis er zu einer, wie er sagt, Arena kommt, die ein Amphitheater von Bergen umgibt. Eine Zuschauerschaft bestehend aus Dämonen und dunklen Göttern hat sich versammelt, von denen einige, wie Kali oder Seth, dem Ich-Erzähler bekannt sind, während ihn andere durch ihre unbeschreibliche Fremdheit verstören. Das Schauspiel, das sie betrachten, dreht sich um jenes Haus im County Galway, das der Teufel erbaut haben soll. Um genau zu sein: um eine riesige, jenseitige Version desselben, zu welcher es den Ich-Erzähler unwiderstehlich hinzieht. Sein Entsetzen steigert sich noch, als er gewahr wird, dass eine grausige, menschenähnliche Schweinekreatur um das Gebäude herumschleicht und sich Zutritt zu verschaffen sucht.

Bis zum Schluss von *Das Haus an der Grenze* bleibt unklar, ob der alte Mann diese Reise im Geist oder doch irgendwie leibhaft unternommen hat. Ebenso wenig wird deutlich, wer oder was ihn dazu gezwungen hat, sie anzutreten. Langsam begreift man, dass das Haus im County Galway zum Schauplatz einer Entscheidungsschlacht in einem kosmischen Duell zwischen Gut und Böse geworden ist. Doch warum sich alles so vollziehen muss, ist völlig rätselhaft. Fest steht indessen, dass die Gesichte des alten Mannes gleichsam vorwegnehmen und spiegeln, was in der Wirklichkeit des ländlichen Irland passieren wird. Denn schon bald nach seiner Rückkehr muss er erleben, dass sein – oder des Teufels – Haus nunmehr ebenfalls von einer Horde Schweinekreaturen belagert wird. Sie kommen aus der Schlucht hervor, an deren Rand das Gebäude errichtet wurde, und scheinen, ähnlich wie die geheimnisvollen Wesenheiten aus *Das*

Nachtland, von einem unstillbaren Hass auf das Menschliche angetrieben. Im Folgenden entspinnt sich ein Kampf zwischen dem alten Mann und den Schweinekreaturen. Die literarische Intensität dieses Kampfes verdankt sich dabei wesentlich dem Umstand, dass Hodgson eine dauernde Spannung zwischen der allegorischen Dimension seines Romans und einer robusten Konkretion ins Werk setzt. Deutlich wird das etwa daran, dass die dämonischen Menschschweine nicht metaphorisch aus der Unterwelt emporkriechen, sondern tatsächlich irgendwo in der Erdtiefe hausen, wie der alte Mann feststellt, als er sich auf eine Expedition in die Schlucht wagt und dort unten, am Boden der Grube, eine zweite, bodenlose Grube findet. Robust ist auch Hodgsons Held; anders als der stereotype Erzähler Lovecrafts hegt der alte Mann nämlich keineswegs die Absicht, sich ins Unabwendbare zu fügen, wahnsinnig zu werden oder Selbstmord zu begehen. Er verbarrikadiert Türen, lässt Gesimssteine auf die Schweinekreaturen herabfallen und rückt ihnen mit der Schrotflinte zu Leibe. Und wirklich gelingt es ihm, einige seiner Widersacher um ihr unheiliges Leben zu bringen.

Am Ende nützt ihm das wenig; zumindest, wenn man die letzten Seiten von *Das Haus an der Grenze* als Ende nimmt. Dort nämlich wird der Widerstand des alten Mannes gebrochen. Der Stammvater der Schweinedämonen – jene

Kreatur, der wir zuerst in der Arena am Ende des Universums begegneten – nimmt sich persönlich seiner Vernichtung an. Nun, da das Böse Ernst macht, scheint es sich nicht mehr an die Regeln halten zu müssen, die sein Handeln zuvor hemmten. Die Aufhebung der Regeln vollzieht sich nicht gleichförmig. Mal scheint es, als habe jener letzte Dämon die Freiheit, das Haus nach Belieben zu betreten; dann wieder dringt er in den Geist des alten Mannes ein, um ihn dazu zu zwingen, die verrammelte Tür des Arbeitszimmers zu öffnen. Gerade diese *Inkongruenz* erzeugt dabei eine drückende Beklemmung. Es wirkt nun so, als hätte der alte Mann niemals eine Chance gehabt; als hätte das Böse nur mit ihm gespielt, ihm Scheinerfolge zugestanden, um seine Hoffnung nicht nur zu zerschmettern, sondern obendrein zu verhöhnen. Und warum wirkt der Ich-Erzähler auf einmal so passiv, dumpf und resignativ? Wohin sind sein Kampfgeist und sein martialischer Einfallsreichtum verschwunden?

Allerdings muss ein Text, der die Vorstellungskraft so kühn und entschieden wie *Das Haus an der Grenze* in ein Jenseits der Ordnung von Raum und Zeit zu führen sucht, das Ende keineswegs als Ende gelten lassen. Bei Hodgson ist das eine Frage der Metaphysik, nicht der Chronologie. Und tatsächlich wird der alte Mann, ehe der Schweinedämon ihn überwältigt, ein zweites Mal auf eine unbegreifliche Reise entrückt. Diese zweite Reise führt ihn durch den Tod des Universums hindurch und auf die andere Seite des Endes aller Dinge. Über Dutzende Seiten erstreckt sich die Beschreibung jener Reise. Sie geht völlig auf in der Erfahrungsqualität des Ästhetischen, ist ganz eingesenkt in die Literarizität der sprachlichen Gestaltung. Ihr Ziel besteht darin, eine Zeitlichkeit der Lektüre zu entbinden, die ihrerseits die Ahnung einer anderen Zeitlichkeit heraufbeschwören will, welche das menschliche Fassungsvermögen schlichtweg zersprengt – es ist die Dauer der Tage, Wochen, Monate, Jahre, Jahrzehnte, Jahrhunderte, Jahrtausende, Jahrzehntausende, Jahrhunderttausende, Jahrmillionen, Jahrmilliarden und Jahrbillionen, die der Ich-Erzähler, dem sein verleiblichtes ›Ich‹ dabei längst abhandengekommen ist, in immer schnellerer Folge, in rasendem Aberwitz schließlich, an sich vorüberziehen sieht: das Altern und Sterben der Erde, der Sonne, des Universums. Bis zum Ende – nicht des Universums, wohl aber der Welt – bleibt das Haus dabei bestehen. Was für ein Bild, als sich schließlich das Licht eines grünen Sterns, der hinter einer dunklen Sonne hervorkommt, über die kalte, leere, seit Äonen erstorbene Erde gießt! »Es fiel auf ein gewaltiges, ruinenhaftes Gebilde, etwa zweihundert Yards von mir entfernt. Es war das Haus. Ein entsetzlicher Anblick bot sich mir – über seine

Wände kroch eine Legion von unheiligen Wesen, fast völlig bedeckten sie das alte Gebäude, von den schwankenden Türmen bis zum Fundament. Ich konnte sie deutlich sehen; es waren die Schweinekreaturen.«[91] Zuletzt, als die Überreste unserer Welt von Flammen verschlungen werden, stürzen das Haus und die Kreaturen gemeinsam in einen unnennbaren Abgrund.

Es ist müßig, darüber zu spekulieren, ob das Jenseits-Gesicht, welches dem alten Mann nach dem Tod des Universums zuteilwird, eine Vision darstellen soll oder etwas anderes, weil ja längst keine Wirklichkeit mehr existiert, auf die sich eine solche Einschätzung gründen könnte: … Seelenglobule … ein Meer des Schweigens, in dem der Ich-Erzähler, endlich vereinigt mit der Geliebten, vollendete Glückseligkeit erfährt … zwei Zentralsonnen von unermesslicher Größe, die fast schon explizit als ewige Heimstätten von Gut und Böse ausgemacht werden … Hodgsons dualistische Eschatologie bringt es fertig, zugleich abgeschmackt und verstörend, erlösend und klaustrophobisch, friedvoll und verzweifelt zu sein. Eine Art von Glauben und eine Art von Nihilismus, eine genrehaft zurechtgestutzte Schau Gottes und eine Schau des Nichts vereinigen sich in ihr.

Der Kosmischen Angst ist freilich Genüge getan, wenn das Jenseits solcherart mit dem Diesseits kollabiert, während das Diesseits sich zum Unfasslichen öffnet. Insgesamt spricht einiges dafür, dass die Kosmische Angst in *Das Haus an der Grenze* einen ihrer gültigsten Ausdrücke gefunden hat. Es handelt sich um eine Ästhetik der ebenso lust- wie grauenvollen Selbstauflösung; ein Phantasma des ungestorbenen Todes; ein Wissen um die Fragwürdigkeit von Ich und Welt und Wirklichkeit; ein Ineinander von Freiheit und Gefangenschaft in der Suspension des Raumes und der Zeit – was die Poetiken der Kosmischen Angst erstreben, ist hier, soweit überhaupt möglich, verwirklicht.

In den Grenzlanden

1.

»Die Welt ist nur ein flüchtiges Gefüge von Elementarteilchen. Ein Übergangszustand in Richtung Chaos, das letztendlich siegen wird. Die menschliche Rasse wird verschwinden. Andere Rassen werden auftauchen und ihrerseits wieder verschwinden. Die Himmel sind eisig und leer und werden vom schwachen Licht halbtoter Gestirne durchquert. Die auch verschwinden werden. Alles wird verschwinden. Und die menschlichen Handlungen sind genauso frei und sinnleer wie die freien Bewegungen der Elementarteilchen« – mit diesen Worten umreißt Michel Houellebecq, was Lovecrafts kosmischen Indifferentismus im Kern ausmacht.[92] Dabei betont er, dass der Tod die Versprechen des Lebens nicht einlösen wird; unser Sterben stiftet keine Bedeutung, weder immanent noch transzendent. Das sei »eines der Dinge, die einem das Blut gefrieren lassen, wenn man das Universum Lovecrafts entdeckt«.[93] Denn: »Der Tod seiner Helden hat keinerlei Sinn. Er bringt keinerlei Erleichterung. Er führt in keiner Weise dazu, die Geschichte abzuschließen. Unerbittlich zerstört HPL seine Figuren, ohne irgendetwas zu suggerieren als die Zerstückelung einer Puppe.«[94] Nicht einmal vor Cthulhu macht das *nihil negativum* halt. »Was ist der Große Cthulhu?«, fragt Houellebecq; und gibt die Antwort: »Ein Gefüge aus Elektronen, wie wir.«[95] Cthulhu steht also nicht jenseits »der universellen Gesetze von Egoismus und Bösartigkeit« und hegt keineswegs die Absicht, »uns zu irgendeiner Harmonie zu führen«. Bestenfalls dürfen wir uns von ihm »die Ehre« erhoffen, »auf einem Seziertisch zu enden«.[96] Nun sind »Egoismus«, »Bösartigkeit« und »Harmonie« aus Sicht des kosmischen Indifferentismus den besonders wackligen und windschiefen Konstrukten des menschlichen Hirns zuzurechnen. Entscheidend ist aber, dass sich das Egoistische und Bösartige an Cthulhu nur unwesentlich von entsprechenden Neigungen bei einem beliebigen anderen »Gefüge aus Elektronen« abhebt.

Dieser Gedanke hat weitreichende Konsequenzen. Zunächst wird deutlich, dass sich Cthulhu den philosophischen Überzeugungen seines Erfinders unterordnet. Er mag ein Bewohner des Abgrunds sein, doch kennt er nur den Abgrund der Immanenz. Sein Schlummer währt Jahrmillionen; seine Macht ist schier grenzenlos – dessen ungeachtet geriert er sich wie ein drittklassiger Diktator. Er hat einmal über die Erde geherrscht.

Offenbar gedenkt er, das dereinst wieder zu tun. Dabei scheint seine Agenda im Wesentlichen aus selbstzweckhaftem Machterhalt, hemmungsloser Bereicherung und allseitiger Unterjochung zu bestehen. Viel mehr gibt es über ihn nicht zu sagen. Noch sein kurzzeitiges Erwachen lässt an das Abziehbild eines korrupten, sadistischen und obendrein narzisstischen Junta-Generals denken, der die Zeit zwischen Mittagsruhe und Abendgala nutzt, um seinen Schnurrbart zu zwirbeln und ein paar Hinrichtungen anzuordnen. Da hilft auch der Umstand wenig, dass R'lyeh – die Stadt, in welcher Cthulhu mit seinen Horden schläft – ein architektonisches Albtraumbild nicht euklidischer Geometrie darstellt. Moralpolitisch gesehen, ist und bleibt er eine Schießbudenfigur.

Das entspricht ganz und gar der Absicht Lovecrafts. Zweifellos geht es ihm um den Nachweis, dass der Große Cthulhu ebenso läppisch und nichtig ist wie alle unsere Götter. Ob man sich ihn nun als Drachen mit Oktopuskopf vorstellt oder irgendwie anders, tut, was das betrifft, wenig zur Sache. Die Pointe besteht nämlich darin, dass Cthulhu gesinnungsmäßig mehr mit einem Schulhofschläger gemein hat als mit einer jenseitigen Entität, die aus den Tiefen des Universums eine geheimnisvolle und erhebende Weisheit mitbringt. Wo der Farbe aus dem All eine Öffnung hin auf den Abgrund der Transzendenz eingeschrieben ist – mithin eine unauslotbare Rätselhaftigkeit –, entsetzt Cthulhu durch seine Banalität. Wenn nicht einmal ein derart altes und mächtiges Wesen vermag, eine Sinnhaftigkeit zu entdecken, die den puren Eigennutz übersteigt, steht zu befürchten, dass es da nichts zu entdecken gibt. Vielleicht hat er das Weltall durchmessen und herausgefunden, dass die Unendlichkeit auf die Maße eines Stecknadelkopfes schrumpft, wenn man in ihr die Weite und Freiheit der Wahrhaftigkeit sucht, weshalb die Herrschaft über einen belanglosen kleinen Planeten gerade so gut oder schlecht ist wie ein Versteckspiel zwischen interstellaren Wolken. So gesehen hat die Populärkultur also doch eine ironische Hellsichtigkeit unter Beweis gestellt, als sie Lovecrafts Erfindung, ursprünglich ein Emblem des Nihilismus, zunächst in einen Drachen mit Oktopuskopf und schließlich in ein neckisches Gruselkuscheltier verwandelte.

2.

Zugleich ist Cthulhu jedoch eine politische Denkfigur. In ihm verdichtet sich eine Frage an die Philosophie des Kosmischen Horrors. Schließlich dient er Lovecraft, neben vielem anderen, auch dazu, die Idee eines kosmischen Führerprinzips zu gestalten – und sie dabei gleichermaßen zu affirmieren und zu negieren. Die Frage lautet also, ob ein allumfassender Indifferentismus nicht einer menschenverachtenden und allgemein lebensfeindlichen Politik zumindest Vorschub leistet. Als Erstes gilt festzuhalten: Cthulhu ist kein dunkler Messias. Er bringt kein Evangelium des Bösen. Es ist unklar, ob er überhaupt irgendein Programm vertritt, das über ihn selbst hinausreicht. Gerade darum personifiziert er jene »universellen Gesetze von Egoismus und Bösartigkeit«, die laut Houellebecq das Fundament darstellen, auf dem alles Seiende ruht. In seiner Stumpfheit und Rohheit kann Cthulhu als Wahrheit einer grund- und wahrheitslosen Schöpfung gelten, deren Schöpfer eben der Zufall ist. Bei Lovecraft trägt jener blinde, idiotische Zufall den Namen Azathoth: Der so geheißene Dämonensultan steht außerhalb der Wirklichkeit; hungrig nagt er an den Rändern des Weltalls, das er zugleich bis ins Letzte durchdringt. Cthulhu aber ist Teil unserer Immanenz. Er kennt Wille und Bewusstsein, Orte und Zeiten. Das heißt, er fügt sich in ein raumzeitliches Kontinuum, das er pervertiert und doch auch – in der Verdrehung und Verhöhnung – bestätigt. Einmal mehr erweist sich: Es ist alles eins; es ist alles nichts.

Wer das Knie vor dem Prinzip Cthulhu beugt, unterwirft sich der Nichtigkeit des Seienden und erkennt diese Nichtigkeit als einziges Gesetz an. Selbst wenn Cthulhu seinen Dienern Untersterblichkeit gewähren könnte (wozu er vermutlich weder geneigt noch befähigt ist), gäbe es strenggenommen keinen Grund, ihm zu folgen, weil sich das Leiden an einem durch und durch absurden Dasein offenkundig potenziert, wenn man es nicht nur ein paar Dutzend Jahre, sondern über Millennien hinweg erdulden muss. Und dennoch lebt sein Kult, ist todlos wie Cthulhu selbst.

Ist das das »Ja« zum großen »Nein« des Nihilismus? Die Politik, die der Philosophie des Kosmischen Horrors entspricht? Fast hat es den Anschein. »Wahrscheinlich kann man vom Nichtwollen seelisch nicht leben«, schreibt Thomas Mann, »eine Sache nicht tun wollen, das ist auf die Dauer kein Lebensinhalt; etwas nicht wollen und überhaupt nicht mehr wollen, also das Geforderte dennoch tun, das liegt vielleicht zu benachbart, als daß nicht die Freiheitsidee dazwischen ins Gedränge geraten müßte […].«[97] Wenn das zutrifft, verlangt die Freiheit (und sei sie noch so illusorisch) nach einer Bejahung (und sei sie noch so irrelevant). Wer »Ja« sagt zum Leben, muss noch dort Hoffnung und Wert finden, wo alles karg, öde und fruchtlos erscheint. Und wer »Nein« sagt zum Leben, muss die Verachtung des Lebens in eine Lebenspraxis überführen. Sonst haben wir es mit einem Schrebergarten der Negation zu tun, der preisgünstige Erholung von all dem anstrengenden Wollen und Streben verheißt. Gewiss darf man sich einen solchen Schrebergartennihilismus freizeitmäßig gönnen; nur allzu ernst nehmen sollte man ihn nicht. Das Mindeste wäre, dass die im Garten eingeübte Haltung auch außerhalb desselben zu erkennen ist: Ein »Ja« zum »Nein«, welches Anspruch und Verfügungsrecht des *Nein* über das *Ja* bestätigt und bestärkt.

Für Camus steht fest, dass die Verneinung, einmal ans Ende des Gedankens geführt, zusammenfällt mit der Bejahung. Was bejaht wird, sind jene »universellen Gesetze von Egoismus und Bösartigkeit«, die im Großen Cthulhu eine ebenso erhabene wie stumpfsinnige Personifikation finden. »Wenn die Natur allein wahr ist, wenn in der Natur allein die Begierde und die Zerstörung berechtigt sind«, so Camus, »dann muß man, da die Herrschaft des Menschen selbst den Blutdurst nicht mehr stillt, von Zerstörung zu Zerstörung eilen, bis zur allgemeinen Vernichtung. Man muß, mit Sades Worten, zum Henker der Natur werden.«[98] Allein wie ist das zu bewerkstelligen? Wie kann ein Mensch die Natur hinrichten? Wohl nur, indem er die Natur in sich selbst hinrichtet. Da das Leben noch »im Staub der Welten« weitergehen wird, muss man es dort packen, wo einem die Macht gegeben ist, über das große, unbesiegliche »Ja« der Natur zu triumphieren.[99] Folglich gilt es, das »Nein« zu diesem »Ja« buchstäblich am eigenen Leib durchzuexerzieren. Der Marquis de

Sade jedenfalls zog, folgt man Camus, diese Konsequenz: »Er sucht nicht, die Welt der Zärtlichkeit und des Kompromisses wiederzugewinnen. Die Zugbrücke wird nicht herabgelassen, er nimmt die persönliche Vernichtung an.«[100] Aus dieser Haltung heraus entsteht in de Sade ein »seltsamer Stoizismus des Lasters«, der ihn befähigt, »einen halluzinierenden Gang vom absoluten Nein zum absoluten Ja« anzutreten – am Ende liegt »eine Zustimmung zum Tod, der den Mord von allem und allen umwandelt in kollektiven Selbstmord«.[101]

Ebenjener ist für Lovecraft »die logischste Sache der Welt« – eine Logik, deren Schlusspunkt, ebenso wie ihr Ideal, das planetarische Grab ist. Warum sollte man etwas gegen die milliardenfache Auslöschung von Menschen, Tieren, Bäumen und Pflanzen einzuwenden haben? Welchen Grund gäbe es, sich Kriegen, Hungersnöten und Seuchen zu widersetzen? Wo liegt das Problem, wenn der Nachbar seine Frau und seine Kinder verprügelt, Obdachlose faulende Wunden spazieren führen und der Schweinestall so eng ist, dass seinen Insassen der eigene Kot bis über die Hufe reicht? Alle Schrecknisse, alles Grauen, alles Leiden und alle Ungerechtigkeit können doch nur einem guten Zweck dienen, *dem* guten Zweck, welcher darin besteht, dass zumindest die Menschen endlich ablassen von all ihren lächerlichen Hoffnungen und erkennen: Das einzig Gute, *in absentia* des Guten, ist die Nicht-Existenz. Auf das ausgestorbene Universum werden wir wohl noch 10^{1728} Jahre warten müssen; das Ideal der ausgestorbenen Erde wäre hingegen, theoretisch wie praktisch, verhältnismäßig einfach und schnell realisierbar.[102] Dann würden die Äonen voller Geschrei und Gestöhn, Wimmern und Klagen in sanftes, stilles Vergessen sinken.

Lovecraft selbst zeigte allerdings wenig Bereitschaft, seine nihilistische Grundüberzeugung um eine entsprechende Lebenspraxis zu ergänzen. Er nahm sich durchaus die Freiheit, vielen Dingen gleichgültig bis ablehnend gegenüberzustehen, die für das Gros der Menschen mit einem gelungenen Leben sich verbinden: Familiengründung, Karriere und finanzielle Sicherheit. Er nahm sich aber auch die Freiheit, zehntausende Briefe zu schreiben, von denen viele länger sind als die meisten seiner Erzählungen[103] – was schon aus arbeitsökonomischen Gründen nicht zu empfehlen ist, wenn man sich ebenso gut eine Kugel in den Kopf jagen könnte. Ebenso scheute er keine Mühen, das zu hegen und zu pflegen, was ihm das Wichtigste auf Erden war: die Kultur im Allgemeinen und die persönliche Kultiviertheit im Speziellen. Folgt man S. T. Joshi, ging es Lovecraft dabei vor allem um »das Vermögen der jeweiligen politischen Einheit oder Zivilisation, nicht bloß bleibende Kunst hervorzubringen (ob es sich um Malerei, bildende Kunst, Musik,

Literatur oder Architektur handelte), sondern auch ein harmonisches Milieu für die Menschen höheren geistigen Formats zu schaffen«.[104] Aus jener »Grundsehnsucht, die Kultur zu bewahren«, erklären sich, wie Joshi betont, noch die Wandlungen in Lovecrafts politischer Haltung.[105] Nachdem er lange Zeit, etwa bis zu seinem vierzigsten Lebensjahr, Aristokratie und Oligarchie zugeneigt war, weil er glaubte, nur diese Staatsformen vermöchten es, »genügend Muße für die höchsten intellektuellen Klassen, die stets in einer Kultur tonangebend sind«, zu schaffen, entwickelte er unter dem Eindruck von Franklin D. Roosevelts New Deal die Vorstellung eines »faschistischen Sozialismus«.[106] Darunter begriff er eine Gesellschaftsform, die größtmögliche Wohlfahrt für die arbeitenden Massen – denen auch genügend Freizeit gewährt werden sollte, um das eigene Bildungsniveau zu heben – mit einer expertokratischen Verfasstheit des Staatsapparats verband; denn »die Komplexität der Regierung im technischen Zeitalter macht es nach Lovecrafts Auffassung für alle bis auf die Fachleute unmöglich, die politische Lage wirklich zu verstehen; daher würden nur Techniker durch ein begrenztes Wahlgremium ausgewählt, das sich allein aus denjenigen zusammensetzen sollte, die gewisse intellektuelle und psychologische Tests bestanden. Das allgemeine Wahlrecht war im technischen Zeitalter überholt.«[107]

Zweifellos hoffte Lovecraft, dass der »faschistische Sozialismus« das peinvolle Dasein möglichst vieler Menschen lebenswerter gestalten würde. Zwischen Demokratie und Ochlokratie erkannte er keinen nennenswerten Unterschied, weshalb er insbesondere jene Maßnahmen für segensreich hielt, die dafür sorgen könnten, dass die überwältigende Mehrheit der Bevölkerung in einem solchen Staatsgebilde von allen politischen Entscheidungsprozessen ausgeschlossen wäre und sich auch sonst nicht mit intellektuellen Problemen zu befassen hätte. Auf den Tod wartend, sollten die Leute weitgehend vom Leiden verschont bleiben; umgekehrt galt es, das Gemeinwesen davor zu bewahren, aufgrund der kindischen Geisteshaltung und allgemeinen Unreife des Durchschnittsbürgers Schaden zu nehmen.

Seinerseits träumte sich Lovecraft wohl zurück in »das Athen des Perikles, das Rom des Augustus, das England Elisabeths und Georges III. und das Frankreich des *ancien regime*«, die ihm »als Schöpfer der höchsten dem abendländischen Menschen bekannten Zivilisationsstufen« galten.[108] Die Vermutung liegt nahe, dass er sich in der Rolle eines Aristokraten besetzte, wenn er derlei Träume hegte – bekanntlich hatten Sklavinnen und leibeigene Bauern weniger Gelegenheit, sich an irgendwelchen zivilisatorischen Höhen zu erfreuen. Mithin wird deutlich, dass es sich bei Lovecrafts pragmatischer, dem Epikureismus verwandten Ethik letztlich um eine Ästhetik handelt; ein Umstand, dessen er sich völlig bewusst war. »Was mich angeht«, schreibt Lovecraft in einem Brief von 1929, »so bin ich ein der Harmonie ergebener Ästhet und strebe nach dem Gewinn der größtmöglichen Lust im Leben. Die Erfahrung hat mich gelehrt, daß mir die Identifikation mit der Landschaft und dem Fluß der Tradition, der ich angehöre, die höchste Lust bedeutet – daher folge ich der uralten einfachen Art des Lebens, wie sie in Neuengland üblich ist, und beachte die Prinzipien der Ehre, die man sich von einem Sproß englischer Gentlemen erwartet. Stolz und Schönheitssinn sowie die automatischen Instinkte von Generationen, die nach gewissen Verhaltensregeln erzogen wurden, bestimmen mein Verhalten von Tag zu Tag. Das ist jedoch *keine Ethik*, denn dieselben Triebe und Vorlieben finden sich bei mir auch in Bezug auf Dinge, die völlig außerhalb der ethischen Sphäre liegen. Zum Beispiel betrüge oder stehle ich nie. Ich trage auch nie einen Zylinderhut zu einem Sackmantel oder kaue öffentlich Bananen auf der Straße, denn ein Gentleman tut so etwas auch nicht. Das eine ist mir so fremd wie das andere – es ist alles eine Sache der Harmonie und des guten Geschmacks –, wohingegen der ethische oder ›rechtschaffene‹ Mensch über eine Unehrlichkeit entsetzt wäre, aber ungeschliffenes Betragen tolerieren wird.«[109]

Die Haltung, die Lovecraft hier an der eigenen Person beschreibt, lässt sich verallgemeinern als eine der Philosophie des Kosmischen Horrors gemäße Ethik der Ästhetik. Ein radikal von Wahrheit und Werten entleertes Universum bietet keinen Platz für verbindliche Handlungsmaximen. Woher sollte man die auch nehmen? Ebenso abstrus mutet es an, den Bewohnern des Planeten Erde – seien sie menschlichen oder nicht-menschlichen Wesens – besondere Rechte oder gar eine herausgehobene Würde zuzuschreiben. Sie haben das ›Recht‹, aus dem Nichts geboren zu werden, ein bestenfalls angenehmes, stets jedoch völlig sinnloses Dasein zu führen und sich schließlich wieder in das Nichts hinein zu verabschieden. Und ihre ›Würde‹ besteht exakt so weit, wie man ihnen eine artgerechte Haltung angedeihen lässt.

Tatsächlich hat der kosmische Indifferentismus seine liebe Not, eine kategoriale Differenz dazwischen auszumachen, ob jemand eine Banane auf der Straße kaut oder missliebige Zeitgenossen mit einer Eisenstange vergewaltigt. Beides mag das ästhetische Empfinden stören. Was bliebe, wären pragmatische Übereinkünfte, die etwa davon ausgehen, dass die allermeisten Menschen es sehr entschieden vorziehen, wenn Eisenstangen von ihnen ferngehalten werden. Leider herrscht kein Mangel an einflussreichen Gestalten, die gute, pragmatische Gründe – zuvörderst die Sicherung der eigenen Macht – dafür haben, eine sehr spezielle Verwendung von Eisenstangen anzuregen. Ist man erst einmal zu der Erkenntnis gelangt, dass die einzig übergeordnete Wahrheit in den »universellen Gesetzen von Egoismus und Bösartigkeit« besteht, kann man wenig dagegen sagen, wenn dieses oder jenes »Gefüge aus Elektronen« ein bisschen durcheinandergewirbelt wird. Gut lachen hat, wem es gelingt, sich mit heiler Haut und vollem Bauch ins Nichts abzusetzen. Wer oder was sollte ihn zur Rechenschaft ziehen? Etwa die Nachwelt oder gar die Geschichte? Die Schreie der Wut, der Empörung oder des Schmerzes werden nicht vordringen ins allumfassende Schweigen des Grabes.

3.

Selbst für Richard Rortys »Pragmatismus der Solidarität« gilt, dass er etwa die Vorstellung von ›Menschenrechten‹ aus seinen Prämissen weder begründen kann noch will.[110] In gewisser Weise ist Rortys Haltung gar nicht so weit entfernt von jener Lovecrafts; beide scheint die Überzeugung zu einen, dass vor allem der gute Wille den Unterschied zwischen einem lebenswerten und einem infernalischen Dasein markiert. Die entsprechenden Übereinkünfte haben freilich nur so lange Bestand, bis jemand daherkommt, der durchaus der Meinung ist, dass beispielsweise Folter und Mord sinnvolle, sowohl vernünftige als auch stimmungshebende Beschäftigungen darstellen – und über die Mittel verfügt, seine Vorstellung davon, wie die Wirklichkeit verfasst ist oder verfasst sein sollte, in eine soziale Praxis zu überführen. In seiner philosophischen Programmatik zu Ende gedacht, ist der Kosmische Horror ganz einverstanden mit einer solchen Haltung. Das Menschenbild, das dieser Programmatik entspricht, ist so verächtlich, dass es ganz vergeblich scheint, auf aufklärerische Pädagogik zu setzen. Erst wenn alle Illusionen zerschmettert sind, werden die Leute lernen, mit dem Nichts zu leben; oder aber den »kollektiven Selbstmord« als Ausweg annehmen. Da die Ratio allein niemals genügen kann, ganz sicher nicht bei der von Lovecraft verabscheuten dumpfen Masse, braucht es die Erfahrung der unendlichen Nichtigkeit und Grausamkeit des Daseins, um reinen Tisch zu machen mit Vorstellungen wie Liebe, Freundschaft, demokratischer Gemeinschaftlichkeit. Die harsche Pädagogik des Kosmischen Horrors würde nicht den Brassiers oder Lovecrafts dieser Welt gelten, sondern denen, die aufgrund ihres Mangels an Bildung und Wissenschaft besonders anfällig sind für die Einflüsterungen des Illusionären. Es ginge darum, diejenigen, die sowieso unten sind, noch weiter in den Dreck zu treten, damit sie begreifen, dass ihr Platz definitiv im Nichtigen ist.

Kurzum, der Pädagogik des Kosmischen Horrors entspricht im Letzten eine Nekropolitik. Die »nekropolitische Macht«, so Achille Mbembe, beruht »auf einer Umkehrung des Verhältnisses zwischen Leben und Tod, als wäre das Leben nur das Medium des Todes«; darum strebt sie danach, den Tod »bis ins Endlose zu vermehren«.[111] Es geht um eine Politik, die nicht einfach das staatliche Recht zu töten meint, sondern eine umfassende Verfügungsgewalt über den Tod: darüber, wer leben darf und wer nicht; darüber, wer welches Sterben zugewiesen bekommt; und darüber, wer seine Tage als wandelnder Leichnam zu fristen hat, das Leben mithin als Suspension des Lebens erfährt. Für Mbembe besteht kein Zweifel, dass sich »Macht- und Souveränitätsformen« immer weiter ausbreiten, die in diesem Sinn auf »die Produktion von Tod in großem Maßstab« abzielen. Der solcherart produzierte Tod ist einer, »auf den zu reagieren niemand sich verpflichtet fühlt. Niemand empfindet gegenüber dieser Art von Leben oder dieser Art von Tod irgendein Gefühl von Verantwortung oder Gerechtigkeit.«[112] So verstanden, hat die Philosophie des Kosmischen Horrors eine Vielzahl von Anhängern. Vielleicht müssen wir uns eingestehen, dass, allen Benjamin'schen Frühlingsgedichten zum Trotz,[113] der Nihilismus in weit höherem Maße über unsere Welt herrscht, als es eigentlich vorstellbar und erträglich ist. Eine Politik, die in seinem Zeichen steht, wird immer neue Pflastersteine für die Straße zur Hölle verfertigen. Sie kann nicht anders; sie will auch nicht anders. Die »Kunst des Möglichen« ist in ihr definiert als Virtuosität der Auslöschung.

Verglichen damit mutet Lovecrafts Position wie ein Kompromiss an: Er verzichtet nicht darauf, die Belanglosigkeit alles Menschlichen, Irdischen und Kosmischen zu konstatieren, gibt diesem Befund aber eine Wendung, mit der sich nötigenfalls Staat machen lässt. Vielleicht ist das nicht ganz folgerichtig. Dafür offenbart Lovecraft eine freundliche Einfühlung in die Not seiner Mitmenschen – zumindest, sofern sie weder schwarz noch jüdisch sind oder dem »Schönheitssinn« eines Gentleman sonst wie widerstreben – und stellt den guten Willen unter Beweis, der überaus misslichen Lage namens »Leben« nicht rundweg mit Verachtung zu begegnen. Kurz gesagt: »Kollektiver Selbstmord« mag aus seiner Sicht zwar »die logischste Sache der Welt« sein, ist alltagspraktisch aber nicht alternativlos und auch nicht unbedingt wünschenswert.

Welche Conclusio ergibt das? Eines steht fest: Der Kosmische Horror zielt, philosophisch ebenso wie politisch, auf einen Indifferentismus, der wieder und wieder die Einsicht pointiert, dass die Wirklichkeit nicht ist, was wir dafür halten. Jenseits unserer Alltagswahrnehmung, einem Denken und Fühlen, das der Sehnsucht nach Intelligibilität und Verständnis, Geborgenheit und Vertrauen entspringt, wartet eine radikale Fremdheit. Sie beinhaltet die Preisgabe des Menschen – und letztlich des Lebens überhaupt – an das Nichts. Stets wartet der Abgrund der Immanenz, um alles in sich aufzunehmen – Wünsche, Träume, Hoffnungen, Werte, Wahrheiten, Ideale, Vorhaben, Absichten, Pläne und Ziele – was uns gemeinhin an eine konventionelle Vorstellung von Wirklichkeit kittet. Denn die Wirklichkeit des Kosmischen Horrors können wir weder berühren noch verstehen; der Tag wird kommen, da wir in sie hineinstürzen, ohne Aussicht auf Wiederkehr. Einstweilen müssen wir das Wissen aushalten, dass es nichts zu wissen gibt; jedenfalls nichts, was, aufs Ganze gesehen, irgendeine Relevanz hätte. Folglich besteht auch nicht die Möglichkeit zu gutem oder richtigem Handeln, sondern nur die Option, die Illusion eines lebenswerten Lebens zu fördern oder sie anzugreifen. Der Rest ist Schweigen?

Wohl kaum. Die Poetiken der Kosmischen Angst sind nämlich, was zunächst erstaunen mag, gar nicht so erpicht darauf, sich der Inauguration des Nichts beizugesellen. Jedem Schweigen antwortet in ihnen ein Gesang, und nach Möglichkeit sollte beides rätselhaft, verstörend und bezaubernd sein. Die Kosmische Angst als solche hat daher wenig gemein mit dem Nihilismus; sie ist nicht einmal sonderlich pessimistisch oder dem Skeptizismus zugeneigt. »*Nada* unser, der du bist im *nada*« – die Wahrheit der Nicht-Wahrheit, welche den bodenlosen Grund der Philosophie und Politik des Kosmischen Horrors bildet, ist der Kosmischen Angst ein Baustoff unter anderen. Sie zelebriert die Entropie des Universums und ebenso die Geburt eines unmöglichen Lebens aus den Schlünden der Asymptopia. In den Poetiken, die sie zu entfalten strebt, gehört zu jedem Grauen eine Befreiung, zu jedem klaustrophobischen Kollaps eine anderweltliche Öffnung; so wie umgekehrt der endlose Horizont immer wieder verhüllt wird von den Verwesungsgasen, die aus »stellaren Leichen« hervorbrechen, und die Krallen, die durch den Schleier der Wirklichkeit sich bohren, auch jegliche menschliche Aspiration zerfetzen.

Es stellt sich die Frage, ob es eine Idee von Politik gibt, die den Poetiken der Kosmischen Angst entspricht. Sie müsste, erstens, dem Vexatorischen der Kosmischen Angst genügen, das heißt ihrem Beharren darauf, sich gedanklichen, begrifflichen und affektiven Fixierungen zu entziehen. Zweitens hätte sie eine Konzeption von Werden zu erschließen, welche Reisen in verschiedenste Abgründe, ein Sichversenken in und Wiederemporkommen aus dem Nichts, schlussendlich die Tuchfühlung mit der Auslöschung, das Wechselspiel von *nihil privativum* und *nihil negativum*, auf durchaus affirmative Weise inkorporiert.

Vielleicht ist eine Lovecraft-Lektüre, wie sie Patricia MacCormack vorschlägt, hilfreich beim Versuch der Annäherung an eine solche Idee von Politik. MacCormack geht davon aus, dass Erzählungen wie »Träume im Hexenhaus« (»The Dreams in the Witch-House«, 1933) nicht notwendigerweise als bedrohlich erfahren werden müssen. »Horror« sind sie nur für einen bestimmten Teil der Leserschaft. Vornehmlich im Geist und im Herzen derjenigen, die sich der Majorität zugehörig fühlen, entfaltet sich ihr Schrecken. Wer Lovecraft hingegen mit einer feministischen Haltung begegnet, vermag, so MacCormack, in seinen Erzählungen »problematische, doch wundersame Kritiken« dessen zu entdecken, »was an der Subjektivität geschätzt wird und was ungeahnte Begierden hervorrufen können.«[114] In Rede steht dabei ein Verlangen, das immer schon jenseits von Subjekt-Objekt-Relationen zu verorten ist. Zum einen, weil »die Demarkation zwischen dem Selbst und dem Anderen nicht länger existiert«; zum anderen, weil dieses Verlangen sich nicht als »monodirektionale Kraft« darstellt, sondern als »miasmisches Fließen, das die Atemluft der Territorien ist, welche die (vormals) menschlichen und fremdartigen Facetten-Leben besetzen«.[115] Daher haben Lovecrafts Erzählungen die Macht, uns (gewiss ein sehr heikles »wir«) zumindest für die Dauer der ästhetischen Erfahrung von unserer Anhänglichkeit an bestimmte Vorstellungen vom Menschsein zu befreien – sofern sie uns nämlich in einen Zustand versetzen, in dem »wir nicht länger nach der Übersetzung, Konversion oder Restauration einer Subjektivität streben, die alle nicht-herrschaftlichen Subjekte sowieso niemals besaßen«.[116] Dann ertönt eine »neue, radikale Sprache der Nicht-Sprache, eine Rede im Schweigen, die ökosophische Verbindungen und kosomogene Beziehungen heraufbeschwört, und zwar in dem Maße, wie wir dieser Sprache erlauben, uns ebenso mit Begierde und Verlangen wie mit Horror zu affizieren«.[117] Für MacCormack besteht kein Zweifel: »Lovecraft bringt den herrschenden Menschen zum Schweigen«; aus diesem Schweigen ersteigt »die Kakophonie der Alten«.[118]

In der Tat: Bei Lovecrafts Protagonisten handelt es sich fast ausschließlich um weiße Männer, die häufig als Diener einer weißen, männlichen Rationalität sich gerieren. Und für gewöhnlich enden sie entweder im Wahnsinn oder im Tod oder zumindest in der Position einer radikalen Exklusion, bei der ihnen keine Teilhabe an den Diskursen einer Vernunft mehr möglich ist, die sie, ganz gegen ihren Willen, als erbarmungswürdige Lüge durchschaut haben. Freilich gibt es keinen Grund zu der Annahme, dass Cthulhu gegenüber arabischen Frauen, asiatischen Transgender oder afrikanischen Schwulen eine besondere Freundlichkeit an den Tag legen würde. Aber das ist aus intradiegetischer Perspektive gedacht. MacCormack betont hingegen, dass sich – wenn man sie so nennen will – Cthulhus Erotik in der Erprobung bestimmter Lesarten entfaltet; mithin geht es ihr um eine »kosmogene Erotik der Leserschaft«.[119]

Das muss man betonen. Denn auf den ersten Blick scheint es, als hätte MacCormack einfach ein weiteres Exempel der vor allem im angloamerikanischen Raum überaus beliebten Horrortheorien geliefert, die darin übereinkommen, dass das Grauen seine Raison d'Être im Dienst am Guten, Wahren und Schönen findet, schlussendlich also, mag es sich noch so sehr sträuben, doch wieder der Progression hin zu einem freieren Menschsein in einem harmonischeren Gemeinwesen dient. Bei MacCormack aber darf sich die Leserin jeglichen Geschlechts nicht aufs Stirnrunzeln oder beifällige Nicken beschränken, sondern ist selbst eingebunden ins Spiel der Auflösung von überkommenen Subjektivitäten. Das heißt, wer der Progression, wie sie MacCormack vorschwebt, Applaus spenden will, kann dies im Ernst nur unter Einsatz des eigenen Denkens und Fühlens tun.

Mit anderen Worten: Gefragt ist die Bereitschaft, auch für die eigene Person zu akzeptieren, dass Tod und Wahnsinn ein notwendiger Schritt sind, wenn es darum geht, die menschliche Potenzialität aus den Ketten der Herrensubjektivität zu lösen.

Zunächst bedeutet das einen Abschied vom Humanismus, der sich nur vollziehen kann als Zerstörung humanistischer Ideale. Jene stehen nämlich in unüberwindlichem und unversöhnlichem Widerspruch zu einer »kosmogenen Erotik«, die Phantasmen einer selbstgewissen Subjektivität aufbrechen und den Dünkel des Herrschaftsmenschen erschüttern will. Für Rosi Braidotti ist der Humanismus ein »Zivilisationsmodell«, das eine Idee von Europa »als dem Inbegriff der universalisierenden Kräfte selbstreflexiver Vernunft« hervorbringt, mithin »die Dialektik des Selbst und des Anderen und die binäre Logik von Identität und Alterität als Triebkraft und kulturelle Logik« des eigenen Geltungsanspruchs voraussetzt.[120] In letzter Konsequenz bedeutet dies, so Braidotti, dass der Humanismus selbst eine Nekropolitik austrägt: »Subjektivität wird mit Bewusstsein, allgemeiner Rationalität und moralischer Selbstbestimmung gleichgesetzt, Alterität wird zu ihrem negativen Spiegelbild. Wenn Differenz zum Ausdruck von Minderwertigkeit wird, bekommt sie eine qualitative, tödliche Bedeutung für jene, die als ›Andere‹ gekennzeichnet werden. Sie sind die sexualisierten, rassisierten und naturalisierten Anderen, die man als überflüssige Körper auf einen nicht mehr menschlichen Status reduziert.«[121] Mit anderen Worten: Der Humanismus errichtet die Fahne seines Triumphs auf einem Leichenberg; bis zur Sonne der Vernunft stapeln sich die versklavten, geschändeten und massakrierten nicht-weißen, nicht-männlichen und nichtmenschlichen Körper. Darin offenbart sich der Idealmensch des Humanismus als schwächlicher Bruder Cthulhus; er entfesselt Terror, entsprungen aus dem Bewusstsein himmelhoher Überlegenheit, um alle, die nicht sind wie er (und zuallererst wohl sich selbst), unter seine Knute zu zwingen – nur dass er weder einen Oktopuskopf noch Tentakel trägt, sondern sich ins Ebenmaß der wohlgestalteten, harmonischen Glieder des *homo vitruvianus* hüllt. Man könnte auch sagen: So wie die Anhänger Cthulhus aus dem »*Nada* unser …« ihr Recht auf Mord und Folter ableiten, tun es die Anhänger des Humanismus aus dem »Vater unser …«.

Nun ist ein Kniefall vor dem Götzen totalitärer Nekropolitik das Letzte, was MacCormack im Sinn hat, wenn sie Lovecrafts »kosmogene Erotik« feiert. Vielmehr hält sie Cthulhu für ein Aggregat der großen Wunschmaschine; er kann als ästhetischer Transmissionsriemen wirken, der uns in den Stand setzt, die eigenen abseitigen Wünsche und Begierden wahrzunehmen und – vor allem – zu genießen. Wer das nicht als schicke Metapher, sondern als ethische Verortung begreift, wird sich Braidottis Desavouierung des Humanen anschließen müssen: Es sei eine »normative Konvention«, welche zwar »nicht durch und durch negativ«, aber eben »hochgradig normierend und damit instrumentalisierbar zum Zwecke der Ausgrenzung und Diskriminierung« ist.[122] Es stellt sich die Frage, was die Alternative zu diesem ebenso größenwahnsinnigen wie gewalttätigen Herrensubjekt sein könnte, das seinen Machtanspruch in die leuchtenden Gewänder eines universalistischen Zivilisationsprojekts hüllt und doch stets nur in den Spiegel schaut, wenn es »vom Fortschreiten der Menschheit durch einen selbstregulierenden, teleologisch angelegten Gebrauch der Vernunft« salbadert.[123] Braidotti will das vitruvianische Herrensubjekt im Bündnis mit Zoé (oder zoe[124]) – verstanden als »dynamische, selbstorganisierende Struktur des Lebens selbst« – zum Abdanken bringen: Zoé ist die »durchgängige Kraft, die zuvor abgesonderte Arten, Kategorien und Bereiche durchzieht und miteinander verbindet«.[125] Ein »zoézentrierter Egalitarismus«, wie er Braidotti vorschwebt, hat, als »Kern der postanthropozentrischen Wende«, sehr weitreichende Konsequenzen.[126] Ihm entspricht eine »nichtunitäre Subjektivität«, die ein »Band mit offenem

Ende zwischen uns und den anderen« flicht und »in fortwährendem Werden« begriffen ist.[127] Das Subjekt ist also »ein Raumzeitgefüge, das die Grenzen von Werdensprozessen absteckt«; es ist »eine autopoietische Maschine, die von zielgerichteten Wahrnehmungen angetrieben wird und in der zoe ihren Widerhall findet«[128] – und diese »nicht anthropozentrische Haltung ist Ausdruck einer tiefen Liebe zum Leben als kosmischer Kraft sowie des Wunsches, subjektives Leben und Tod zu entpersonalisieren«.[129]

Zweifellos hat das kosmische Leben, welches sich Bahn bricht in einer nicht-unitären Subjektivität, einige Ähnlichkeit mit der kosmogenen Erotik, die MacCormack in Lovecrafts Erzählungen entdeckt. Wichtig sind weniger die philosophischen Genealogien; wichtig ist vor allem, dass Gilles Deleuze nach Braidottis Überzeugung eine »fragile und doch beständige Affirmation« ins Werk setzte, als er sich am 4. November 1995 aus einem Fenster seiner Pariser Wohnung stürzte.[130] Das »Ja« zur überindividuellen Zoé kann das »Ja« zum individuellen Tod einschließen; mitunter verlangt es sogar, dass man dem eigenen Sterben auf die Sprünge hilft. Denn Zoé »ist unpersönlich und unmenschlich im monströsen, animalischen Sinne radikaler Alterität«; umgekehrt ist der Tod »nicht Entropie, noch ist er eine Rückkehr zu starrer, unbelebter Materie, sondern er ist das Öffnen neuer Intensitäten und Möglichkeiten des Inhumanen oder Nicht-Menschlichen«; somit kann er »als Werden oder als Verschmelzen mit der endlos generativen Energie eines Kosmos erfahren werden, der den Menschen gegenüber höchst indifferent ist«.[131] Stellt Braidotti hier Lovecraft vom Kopf auf die Füße, so wie es Marx mit Hegel versuchte? Vielleicht verhält es sich eher so, dass sie – ohne sich auf ihn zu beziehen – seinen Kopf durch einen Generator ersetzt und ihm Spinnenbeine wachsen lässt.

Fest steht, dass die Kollision des kosmischen Indifferentismus mit Braidottis Konzeption von Zoé dazu führt, dass beide beginnen, auf schwindelerregende Weise um die eigene Achse und zugleich umeinander zu wirbeln. Die Gleichgültigkeit des Universums gegenüber dem Menschen kann ein Grund zum Jubel sein, dürfen wir in ihr doch teilhaben an dem grenzenlos-egalitären Strom des Lebens; der Selbstmord, und sei er kollektiv, wandelt sich unter gewissen Umständen in eine ekstatische Feier des Daseins, woraus umgekehrt folgt, dass das Beharren auf der eigenen Existenz sehr wohl eine nihilistische Gesinnung bloßzulegen vermag. Weiterhin ist es durchaus möglich und vielleicht sogar wünschenswert, den Wahnsinn zärtlich zu begrüßen, wenn er uns umarmen möchte – denn weniger die Preisgabe der Rationalität als ein bestimmter Rationalitätsbegriff selbst zerstört etwa

Lovecrafts weiße Männer. Ganz folgerichtig will die große Affirmation auch jene Zustände inkludieren, in denen das Ich gleichsam in Eigenregie beginnt, Attacken zu fahren gegen die Illusion seiner Einheitlichkeit. Auch hier ist Deleuze vorbildlich, etwa in der Reflexion seines Alkoholismus; der wahre Süchtige, so meint er, höre stets beim vorletzten Glas auf, damit er am nächsten Tag weitertrinken kann.[132] Allem Leiden, allem Schmerz und aller Trostlosigkeit zum Trotz hegt Braidotti die Hoffnung, dass es auf der Grundlage ihres nicht-unitären Subjektbegriffs möglich werden könnte, »die Angewohnheit der Pathologisierung selbstzerstörerischer Körperpraktiken« – also beispielsweise »Süchte, Essstörungen und Depression, Burnout und Zustände der Apathie und Gefühlslosigkeit« –[133] »umzuwandeln in einen Prozess des Experimentierens mit den Grenzen der Nachhaltigkeit«.[134] So gesehen steigt gerade aus der Absurdität des Daseins eine Musik empor, die zum kosmischen Tanz einlädt; denn gäbe es einen Sinnhorizont mit soliden Grenzen, vermessen durch göttliche Offenbarung oder eine essenzialistische Ethik, so wären die Experimente auf einen Raum beschränkt, den man nur verlassen könnte um den Preis, zugleich auch die Wahrheit aufzugeben.

Es kann wenig verwundern, dass Braidotti eine Idee von Kunst anführt, die sich beinah wie eine Definition der Kosmischen Angst liest: »Indem sie uns über die Grenzen fester Identitäten hinausführt, wird Kunst notwendigerweise inhuman im Sinne von nichtmenschlich, denn sie verbindet uns mit den tierischen, pflanzlichen, irdischen und planetarischen Kräften, die uns umgeben. Kunst hat darüber hinaus kosmische Resonanz und ist so ihrem Wesen nach posthuman, weil sie uns an die Grenze dessen führt, was unsere verleiblichten Identitäten tun oder durchleben können. Dadurch, dass sie die Grenzen der Vorstellung bis zum Äußersten strapaziert, rührt sie an die Ränder des Lebens selbst, begegnet sie dem Horizont des Todes. Kunst ist also verbunden mit dem Tod als Grenzerfahrung.«[135] Und weiter: »Das Experiment der Verfremdung besteht darin, gegen den Schrecken der Leere, in die Wildnis nichtmenschlicher geistiger Welten, ins Unendliche zu denken, den Schatten des Todes vor Augen.«[136] In den Poetiken der Kosmischen Angst jedenfalls ist die Herausforderung angenommen, die der »vitalistische Todesbegriff«[137] für unser alltägliches Fühlen und Denken ebenso bedeutet wie für die theoretische Reflexion und das künstlerische Machen. Tatsächlich setzt die Kosmische Angst eine solche Vorstellung vom Tod voraus. Nicht nur verortet sie den Tod mitten im Leben; umgekehrt gilt ihr, dass das Leben im Tod beheimatet ist. Es geht ihr weniger darum, die Grenze zwischen beiden Zuständen zu verwischen. Vielmehr versucht sie, die Zustände des Lebendig- und des Totseins als ein Ineinander zu erfassen; die Grenze anzurühren, die, nicht sichtbar und nicht denkbar, ein Weder-noch und ein Zugleich bedeutet, sodass ein Ich, welches sich auf ihr einfände, selbst nicht mehr wüsste, ob es lebt oder tot ist, ohne jedoch untot zu sein.

Dass die Kosmische Angst dieses Ziel nicht erreicht, tut wenig zur Sache. Nach ihm trachtend, bewirkt sie in der Kontraktion die Öffnung, in der Extraktion die Schließung, lässt Immanenz und Transzendenz, Leben und Tod, in einer unausgesetzten Bewegung der Anziehung und Abstoßung mal kollabieren, mal explodieren, und errichtet dabei zeitliche Gestalten, die die Form eines Kreises oder einer Zickzacklinie, aber auch sehr absonderliche geometrische Figuren annehmen können. So will sie uns hineinführen »in die Wildnis nichtmenschlicher geistiger Welten«. Ins ›Unendliche denken, den Schatten des Todes vor Augen‹ – präzise darauf läuft ihre Forderung hinaus; wobei ihr die »Schrecken der Leere« immer auch Verzauberungen sind.

4.

Kunst denken und Kunst machen lässt sich – sofern Theorie eine Praxis unter anderen ist – nie völlig trennen. Im ›Machen‹ der Kosmischen

Angst fällt beides in eins, als Poiesis der Grenzerfahrung und nicht-dialektischen Aufhebung existenzieller Demarkationslinien. Dass diese Poiesis leichthin in Ausdrücken und Denkbildern gefasst werden kann, die der Sprache von Braidottis neomaterialistischem Feminismus entlehnt zu sein scheinen, ist kein Zufall. Die Kosmische Angst ist antihumanistisch und post-anthropozentrisch, allerdings weniger als politisches oder philosophisches denn als ästhetisches Programm. Sie will, dass wir Bekanntschaft mit Zoé als dem »großen Maschinentier des Universums«[138] schließen – so wie sie will, dass wir »Billion mal Billionen mal Billionen Jahre« durchmessen im Flug der Imagination, um uns einzuhausen in der Asymptopia und »stellare Leichen« zum Stelldichein zu bitten. Da die Kosmische Angst keine Ethik begründet, sondern Poetiken entfaltet, ist es ohne Weiteres möglich, in ihr zugleich eine Nihilistin und ein posthumanistischer Feminist zu sein. Hingegen wird man sich schwertun, ihre Anliegen mit dem gesunden Menschenverstand übereinzubringen.

Auch darum ist es, allen Einschränkungen zum Trotz, sinnvoll, die Poetiken der Kosmischen Angst auf einen Politikbegriff zu beziehen, wie ihn Braidotti entwickelt. Braidotti strebt nach einer »posthumanistischen Ethik, die Zusammenhänge zwischen materiellen und symbolischen, konkreten und diskursiven Linien oder Kräften herstellt«;

um eine transversale Ethik also, »beruhend auf dem Primat der Beziehung, der Interdependenz, die den Wert nichtmenschlichen oder unpersönlichen Lebens erkennt«.[139] Das ist es, was sie als »posthumane Politik« oder auch »Mikropolitik von Beziehungen« bezeichnet –[140] eine Konzeption, die viel gemein hat mit den ästhetischen Postulaten der Kosmischen Angst, vorausgesetzt, man imaginiert die Transversalität, die hier in Rede steht, nicht als speziesübergreifenden Ringelreihen auf Blumenwiesen oder die Einkehr allen Lebens in die ewige Harmonie des Universums.

Wie sähe eine solche »Mikropolitik von Beziehungen« aus, wenn sie in die Poetiken der Kosmischen Angst übersetzt wird? Eine mögliche Antwort auf diese Frage wird man an einem Ort finden, der – eingedenk der *Usancen* des Kosmischen Horrors – recht unwahrscheinlich anmutet: dem französischen Film der Nachkriegsjahre. Georges Franjus *Das Blut der Tiere* (*Le sang des bêtes*, F 1949) gilt als *documentaire*. Was hier dokumentiert wird, ist die Arbeit in den Pariser Schlachthöfen Vaugirard und La Vilette. »Pfützen von Blut breiten sich auf dem Boden aus, während Pferde und Kühe methodisch geschlachtet werden; eine Säge zerteilt Tierkörper, die noch voll warmen Lebens sind« – mit diesen Worten beschreibt Siegfried Kracauer die »unerträglich widrigen Bilder« des gerade einmal zwanzigminütigen Films. Er fügt hinzu, dass Franju weder »die Botschaft des Vegetarismus« verkündet noch »dunkle Sehnsüchte nach Szenen der Zerstörung« zu befriedigen sucht.[141] Worum geht es dann in *Das Blut der Tiere*? Vielleicht um jene Rätselhaftigkeit, die Kracauer andeutet, wenn er »die unergründliche Aufnahme der in Reihen angeordneten Kalbsköpfe« beschreibt als »eine Art rustikalen Arrangements, das den Frieden eines geometrischen Ornaments atmet«.[142] In dieser Aufnahme enthüllt sich das Geheimnis von Franjus Film. Je länger man sich die »unerträglich widrigen Bilder« von *Das Blut der Tiere* anschaut, desto weniger begreift man sie. Alles, wirklich *alles*, wird gezeigt; ein Gestank nach Blut, Kot und Eingeweiden scheint dem Bildschirm zu entströmen … und doch erfasse ich nicht, was ich sehe. Der nüchtern-freundliche Erzähler versteht sich darauf, die einzelnen Arbeitsschritte zu erläutern, die Männer, die sie ausführen, beim Namen zu nennen und ihre Expertise ebenso wie ihre Mühsal zu würdigen; dann zitiert er Baudelaire und stellt melancholische Betrachtungen über das Handwerk der Schlachter an … und ich habe keine Ahnung, wovon er eigentlich redet.

Das Grauen des Sterbens von Pferden, Kühen und Schafen – bei dem man, sicher auch aufgrund des historischen Orts, an dem *Das Blut der Tiere* entstanden ist, fast zwangsläufig an Konzentrationslager, Massenerschießungen und Gaskammern denken muss – liegt klar zutage.[143] Ein abseitigeres Grauen entfaltet sich hingegen in den Bildern von Alltagsszenen aus den Pariser Vorstädten und Randgebieten, die das ebenso alltägliche Gemetzel in den Schlachthöfen einleiten und unterbrechen. Oder genauer gesagt: *Zwischen* diesen und jenen Einstellungen tut das zweite, verborgene Grauen seine Wirkung; in ihm offenbaren sich die unsichtbaren wie unzerstörlichen Kettenglieder, die beide Arten von Alltag aneinanderbinden. Ein Hauch von Irrealität umweht die von heiter-wehmütiger Lebensliebe erfüllten Bilder der einfachen Wohnhäuser, der Brachen und kargen Vorstadtfelder, der Marktstände zwischen Bahngleisen und Schutthaufen, der vergessenen Gegenstände, die, in scheinbar willkürlicher Anordnung, auf der Erde liegen – der Schirm, die Siphonflasche, die gerahmte Renoir-Reproduktion, die Teile von Kerzenständern –, der spielenden Kinder und des Mannes, der allein, mitten im Nirgendwo, an einem hölzernen Rundtisch sitzt. Nichts verbindet diese Bilder mit den zerstückelten Tierkadavern. Und doch gehört beides zusammen. Nicht in dem Sinne, dass die Pferde, Kühe und Schafe den Preis für das merkwürdige Treiben der Menschen zu zahlen hätten (das vielleicht auch), sondern so, dass das Leben und Sterben der verschiedenen Spezies von ein und derselben Opazität durchdrungen ist: Das alltägliche Dasein der Pariser mit seinen verborgenen Anfängen ist ebenso unfasslich wie das alltägliche Dasein des Schlachtviehs mit seinen zahllosen Enden.

Die Tiere, die ich esse, und die Menschen, die mir gleichen: ihr Tun und Lassen, ihre Ängste, Hoffnungen, Wünsche und Freuden, ihr Leben und ihr Sterben – nichts von alldem spricht zu mir; nichts von alldem ist für mich gedacht oder an mich gerichtet. Es ist meine Welt, die ich da sehe; doch ich bin enteignet. Dieses Paris ist mir so fremd wie der frohgelaunt leuchtende Arktur; fremd wie das Leben meiner Mutter, ehe ich geboren wurde; fremd wie das Leben meiner Freunde, nachdem ich gestorben bin. Indem Franju betörende Alltagsminiaturen und ein »unerträglich widriges« Massaker in der Montage verbindet, entblößt er Parallelen und Korrespondenzen, die auf ein Loch in der Welt verweisen. Das ganze Universum hätte Platz in diesem Loch; nach außen gestülpt, kristallisiert es sich zu einem Spiegel, der mir mein Gesicht zeigt, das ich nicht mehr erkennen kann. Darum leuchtet ein Feuerwerk unerklärlicher Farben empor aus dieser Fremdheit. Kracauer spricht von »Franjus Entsetzen über den Abgrund, der unser tägliches Leben ist«.[144] Und er führt es zurück auf die Urszene der Kosmischen Angst als »jenes Entsetzen, das einen jungen Menschen befällt, wenn er nachts aufwacht und plötzlich die Gegenwart des Todes spürt, das Beieinander von Lachen und Schlachten …«[145]

Die Arbeiter im Schlachthof sehen Abfall – Unrat, der beseitigt werden muss –, wenn ihr Fuß gegen ein ungeborenes Kalb stößt, das aus dem Leib seiner Mutter geschnitten wurde. Franjus Montage aber legt nahe, dass das ungeborene Kalb eines der Kinder ist (oder hätte sein können), die auf den Feldern und Wiesen am Rande der Großstadt ihren Spielen nachgehen; und in derselben Weise sorgt die szenische Komposition dafür, dass der Blick der jungen blonden Frau, die gleich ihren Geliebten küssen wird, dort, jenseits der endlosen Häuserreihen von Paris, einen affektiven Widerhall findet in den Augen eines zweiten Kalbes, das leben durfte, eine Weile zumindest, nun aber, auf einem Gestell festgebunden, den Mann erwartet, der seinen Kopf mit einem Schlachtermesser abtrennen wird. Der Blick dieses zweiten Kalbes, das die letzten Momente seines Daseins in argloser Erwartung – oder aber in lähmender Panik – verbringt, echot durch die Filmgeschichte, bis er, siebzig Jahre später, nach zahllosen weiteren Kriegen und Genoziden, gegen den Wall einer anderen Opazität trifft.

Wieder ein Schlachthof. Dieser Schlachthof steht in Ungarn, irgendwo am Rand von Budapest.

Sehr viel hygienischer und technischer geht es hier zu. Eine fast klinische Präzision waltet über den Vorgängen. Was nichts daran ändert, dass auch Ildikó Enyedis *Körper und Seele* (*Teströl és lélekröl*, H 2017) »unerträglich widrig« anmutet, wenn die Kamera das Sterben und die Verarbeitung der Tiere einfängt. Klare, transparente Farben haben Franjus kontrastreiches Schwarz-Weiß ersetzt, und die Kühe werden nicht mehr von Hand gekeult, sondern in einem weitgehend automatisierten Prozess ums Leben gebracht. Doch noch immer stinkt es nach Kot, Blut und Eingeweiden. Und wiederum bin ich Zeuge, wie die letzten Augenblicke im Dasein eines bovinen Wesens vergehen. Dieses Mal ist es eine ausgewachsene Kuh. Sie wird in eine Art stählernes Gestell geführt oder getrieben. Zunächst scheint sie ängstlich und verwirrt, doch als sie nicht mehr weiterkann, legt die Kuh ihren Kopf folgsam auf einen Metallkragen, der vielleicht nicht zufällig an eine Futterraufe erinnert. Die Kamera ist frontal vor dem Gestell aufgebaut. Sie sieht der Kuh in die Augen; ich sehe der Kuh in die Augen. Die Kuh erwidert den Blick. Einmal fixiert, beruhigt sie sich vollends. Sie muht nicht, schüttelt sich nicht, unternimmt keinen Versuch, sich zu befreien. Still und gerade blickt sie mich an. Weder die Kuh noch die Kamera bewegen sich. Einige lange Sekunden vergehen. Schließlich ertönt ein Piepen; es ruft den Tod herbei.

Während ich der Kuh in die Augen schaue, weiß ich, dass sie sterben wird. Weiß die Kuh selbst es auch? Hat sie sich in ihr Schicksal gefügt? Zu Beginn von *Körper und Seele* unternimmt Enyedi etwas ebenso Einfaches wie Erstaunliches. Die erwartbare Einstellungsfolge von Schlachtvieh, das dicht aneinandergedrängt in einem Käfig steht, wird gebrochen durch Aufnahmen, die mir die Welt zeigen, wie eine der Kühe sie sieht. Durch die waagerechten Verstrebungen des Käfigs hindurch betrachtet die Kuh, betrachte ich zwei rauchende Arbeiter im roten Overall. Dann hebt die Kuh den Kopf, sieht in den Himmel, und unter ihrem und meinem Blick scheint die Sonne, die zwischen grauweißen Wolken matt schimmert, zu wachsen und aufzuleuchten.

Da ist eine Kuh, *durch* deren Augen ich schaue; eine andere, *in* deren Augen ich schaue. Auf beide Kühe wartet der Tod. Nicht ein Tod in ferner, unbestimmter Zukunft. Sondern ein Tod, der unmittelbare Gewissheit ist. Er ist beinah das Einzige, was diese Kühe noch zu erwarten haben im Leben. Und er ist auch kein diegetischer, kein Kameratod; er ist ein Tod in jener Wirklichkeit, die ihre unentrinnbare Wahrheit unter anderem dadurch bezeugt, dass sie uns alle sterben lässt. Dass »wir alle« sterben werden, ist ein banaler Skandal; und das gilt ebenso für den Umstand, dass Rinder keine Filme drehen. Also noch einmal: Wissen die Kühe, was sie erwartet? Wenn ich in ihre Augen sehe, finde ich dort Schwermut; aber wäre mir nicht bekannt, dass es für die Kühe ans Sterben geht, würde ich möglicherweise meinen, sie strahlten friedvolle Gelassenheit aus; eine Variante des Kuleschow-Effekts.

Von der Warte einer Kuh aus betrachtet, mag der einzig wahre Skandal darin bestehen, dass sie die Zeit, die ihr auf Erden gegeben ist, nicht einfach grasend und wiederkäuend verbringen darf. Hingegen wird, wer *Körper und Seele* sieht, vielleicht etwas anderes erfahren: eine unendliche Trauer darüber, dass die Kuh uns nicht antwortet. In ihrem Blick liegt weder Vorwurf noch Verständnis, weder Anklage noch Absolution. Nicht einmal die Entscheidung darüber, ob das Blut der Tiere vergeudeter Lebenssaft oder wannenweise Abwasser ist, nimmt die Kuh uns ab. Sie ist, bis sie nicht mehr ist, und Enyedis Inszenierung will das Geheimnis dieses Seins und Nicht-mehr-Seins mit zarten Fingern herausbrechen aus den Vorspiegelungen eines kleinlichen und selbstverdummenden Wissens. Darin äußert sich eine Haltung des Respekts und der Achtung, die auf schmerzliche Weise kollidiert mit dem gleichermaßen unausweichlichen wie entwürdigenden Voyeurismus der Bilder von einer kotverschmierten Tierleiche, die nach und nach zerstückelt wird.

Gerade dieser Widerspruch zeigt die Signatur der Kosmischen Angst. Er verweist auf eine Transversalität, die nicht nur zwischen verschiedenen Spezies oder belebtem und unbelebtem Leben verläuft, sondern das Subjekt mit sich selbst verbindet. Das geschieht allerdings nicht mit dem Ziel, aus Fragmenten eine neue, höhere Einheit herzustellen. Stattdessen will die Kosmische Angst ein zweiseitiges Dreieck in die ästhetische Reflexion eintragen.[146] Mit anderen Worten: Sie will das, was unser Alltagsbewusstsein weder denken noch fühlen kann, denkbar und fühlbar machen – und zwar in seiner Undenkbarkeit und Unfühlbarkeit. Darin erweist sich, dass die Kartierungen nicht stimmen, anhand derer wir uns Orientierung verschaffen. Das gilt für Wegmarker und Ortsnamen, für Himmelsrichtungen und Maßstäbe; letztlich für das ganze System der Geomatik. Denn in Wahrheit hat die Heimsuchung durch eine Farbe aus dem All mehr mit dem morgendlichen Supermarktbesuch gemein, als wir uns vorzustellen wagen. Und wer die »ewige und unermessliche Schwärze« erfahren will, welche das »ausgestorbene Universum« einhüllen wird, muss nur in die Augen einer Kuh schauen. Da ist ein tosendes Schweigen; aus weiter Ferne erklingen die Schritte Gottes im Garten Eden, bis der jähe Knall eines Bolzenschusses die Stille füllt. So erfahre ich: Was die Kuh denkt, ist unausdenklich; und dennoch bin ich – in unüberwindlicher Trennung – diese Kuh.

Das zweiseitige Dreieck

1.

In der Kosmischen Angst entfaltet sich eine komplexe Matrix polarer Affekte. Es gibt die Ahnung einer Transzendenz, die unaussprechlich ist, in ihrer Unaussprechlichkeit aber ein Aufbrechen der sinn- und hoffnungsleeren Immanenz verheißt; und es gibt den Kollaps dieser Transzendenzahnung in eine klaustrophobische Immanenz, die einen radikalen Nihilismus als einzige bodenlose Wahrheit setzt. Die Kosmische Angst vollzieht Bewegungen der Kontraktion und Extraktion, denen kein poetologisches Ende gesetzt ist, weil immer neue Abgründe darauf warten, entdeckt und erkundet zu werden. Vor allem konfiguriert die Kosmische Angst eine spezifische Verbindung von Immanenz und Transzendenz, die sich wiederum zwischen polaren Positionen verortet. Sie kann ans Ende jeglicher Affirmation führen, sodass Selbstmord als einzige vernunftgemäße Option erscheint. Ebenso kann sie in der Negation eine Affirmation eröffnen, die ihren Ausdruck in der Sehnsucht findet, am Dasein eines Sternennebels, eines Rosenstrauchs, eines Vogelschwarms oder auch einer brandenburgischen Wildsau teilzuhaben – oder am Leben anderer Menschen (aus anderen Zeiten, anderen Welten, anderen Welten innerhalb der eigenen Welt), die vielleicht kaum begreiflicher scheinen als der Sternennebel.

Dabei geht es jedoch weder um naturwissenschaftliche Neugier oder die Freundschaft zu Tieren noch um einen kritischen Humanismus. Denn um erfahren zu werden, erfordert die Kosmische Angst eine momentane Preisgabe des eigenen Ichs, die Aufgabe der Verfügung über das eigene Denken und Fühlen. Die Suspensionen von Raum und Zeit, die die Kosmische Angst gestaltet (»momentweise«, wie Lovecraft sagt), gehen stets einher mit der (»momentweisen«) Suspension des Selbst in der ästhetischen Erfahrung. Vollends erfüllt sich die Kosmische Angst, wenn ein undenkbarer Gedanke, ein unfühlbares Gefühl, gleich dem Blitz am dunklen Himmel im Bewusstsein aufscheinen, sodass sie ahnungsweise gedacht und gefühlt werden können. Diese Gedanken und Gefühle sind nichts, was man hat, worüber man verfügt oder was man nach Belieben aufrufen kann. Eigentlich sind sie kaum ablösbar von dem Moment der Erfahrung, der allerdings aktualisierbar ist, insofern er auf mediale Praktiken zurückgeht, die nicht mit Zauberkunststücken oder okkulten Ritualen verwechselt werden sollten.

Es dreht sich also nicht um Esoterik, sondern um Handwerk. Es ist ein Handwerk, dem es um die Verfertigung zweiseitiger Dreiecke zu tun ist. Bei dem zweiseitigen Dreieck handelt es sich nicht um ein Objekt, das von einem Subjekt angeschaut, berührt und beurteilt werden würde. Tatsächlich tritt es erst ins Dasein, wenn derart stabile und eindeutige Bezugnahmen nicht mehr möglich sind. Als formvollendetes zweiseitiges Dreieck kann das Buch *Eine Reise durch die Zeit* des Uhrmachers H. G. Tannhaus gelten. Dieses Buch ist mitsamt Umschlag, Papier, Leim und Druckerschwärze als Gegenstand vorhanden; wer sich innerhalb der Diegese von *Dark* (D/USA 2017–2020) aufhält, kann es in die Hand nehmen und darin blättern. Und dennoch ist *Eine Reise durch die Zeit* etwas, das nicht existiert. Der Autor des Buches hat es nämlich nie geschrieben. Ein Gast aus der Zukunft hat es ihm überreicht, der das Buch allerdings ebenfalls nicht geschrieben hat. Da Tannhaus nun in seinem eigenen Buch lesen kann, was er einmal schreiben wird, steht fest, dass er *Eine Reise durch die Zeit* niemals schreiben wird. Es ist bereits geschrieben worden. Man kann sagen: Das Buch *Eine Reise durch die Zeit* ist ein Beispiel für das bekannte Bootstrap-Paradoxon. Diese Behauptung ist sicherlich zutreffend. Zugleich ist sie völlig nichtssagend. Denn es geht gerade darum, dass Baran bo Odar und Jantje Friese über viele

Folgen und endlose Wiederholungen und Verdrehungen, Verschleifungen und Verschlaufungen, Aufspaltungen und Verkettungen ein audiovisuelles Bild der Wirklichkeit geschaffen haben, das sämtliche Vorstellungen von Vergangenheit, Gegenwart, Zukunft und eben Wirklichkeit so weit destabilisiert, dass ein Zuschauer, der erfährt, was es mit dem Buch *Eine Reise durch die Zeit* auf sich hat, nicht nur bereit, sondern vor allem *befähigt* ist, an die simultane Existenz und Nicht-Existenz eines solchen Buches zu glauben.[147]

Die Kosmische Angst sagt nicht: *Es gibt zweiseitige Dreiecke.* Sie sagt: *Es gibt keine zweiseitigen Dreiecke und hier ist eines von ihnen.* Indem die Kosmische Angst in der sinnlichen Konkretion der Kunstgestaltung etwas vorführt, auf dessen Nicht-Existenz sie zugleich beharrt, erzeugt sie eine Öffnung im Denken und Fühlen. Man kann das eine »Mikropolitik von Beziehungen« nennen. In Rede stehen dabei die Beziehungen zum Selbst und zum anderen. Beide hören auf, mit sich identisch zu sein, wenn die Kosmische Angst ihre Wirkungen entfaltet. Das Ich, welches meint, ein zweiseitiges Dreieck vor sich zu sehen, ist ein Ich, dem die stabilen Verhältnisse »momentweise« zweifelhaft geworden sind. »Jedes Wesen ist ein zerstörter Hymnus«, heißt es bei Cioran.[148] Das gilt für das »Zooproletariat«[149], dessen Los von Franju beklagt und besungen wird; das gilt ebenso für mich; vielleicht gilt es sogar für den Sternennebel in den Plejaden und den Rosenstrauch im Garten.

Die Kosmische Angst zeigt keinerlei Neigung, die Fragmente wieder zusammenzufügen. Sie repariert nicht und sie heilt nicht. Vielmehr geht es ihr darum, die Bruchstücke durcheinanderzuwirbeln und ungeahnten Verbindungen zuzuführen. Häufig ist das monströs und grausam; nicht minder häufig zauberisch und wundersam. In dieser Art will die Kosmische Angst einen Blick freisetzen, der vorher nicht da war; einen Blick von *innen*, nicht von *außen*; einen Blick, der ein Denken, Fühlen und ein (überaus ephemerer) Seinszustand ist. Das wäre dann ein zerstörter und zerbrochener Hymnus, der in dieser Zerstörung und Zerbrochenheit, mehr noch: *als* diese Zerstörung und Zerbrochenheit, von Neuem zu klingen anhebt.

Von hier aus ließe sich in verschiedene Richtungen weitergehen. Was etwa geschieht, wenn Poetiken der Kosmischen Angst sich am Witz versuchen? Dass das durchaus im Rahmen ihrer Möglichkeiten liegt, beweisen etwa Sam Raimis *Tanz der Teufel 2* (*Evil Dead 2*, USA 1987), das verblüffende Werk von Jan Švankmajer oder Dostojewskijs Erzählung »Bobok« (1873). Eine andere Frage ist, wie es um das Verhältnis zwischen der Kosmischen Angst und Erotik – oder gar Pornografie – bestellt ist. Mögliche Antworten könnte man in Andrzej Żuławskis *Possession* (F/BRD 1981) oder Amat Escalantes *The Untamed* (*La región salvaje*, MEX u. a. 2016), Hanns Heinz Ewers' Roman *Alraune. Die Geschichte eines lebenden Wesens* (1911), den Kurzgeschichten der leider nahezu unbekannten Livia Llewellyn oder einem Manga wie Toshio Maedas *Urotsukidōji*: *Legend of the Overfiend* (*Choujin Densetsu Urotsukidouji*, J 1986–1989) suchen. Ein überaus weites Feld tut sich auf, wenn man untersuchen möchte, was die Kosmische Angst zum sogenannten *Nature Writing* beizutragen hat. Als Erstes ist hier Algernon Blackwoods *Die Weiden* (*The Willows*, 1907) zu nennen, nach Lovecraft immerhin die beste *weird tale*, die je geschrieben wurde.[150] Aber man könnte ebenso bei Adalbert Stifter (*Bergkristall*, 1845/53), Johanna Spyri (*Heidis Lehr- und Wanderjahre*, 1880), Charles Ferdinand Ramuz (*Die große Angst in den Bergen/La grande peur dans la montagne*, 1926), Juan Rulfo (*Pedro Páramo*, 1955), Tove Jansson (*Die Mumins: Komet im Mumintal/Kometen kommer*, 1968) oder Susanne Röckel (*Der Vogelgott*, 2018) nachlesen – um nur vom literarischen, nicht kinematografischen oder ludischen Nature Writing zu sprechen. Dass die Kosmische Angst mit populären Genres, die nicht unter »Horror« firmieren, produktive Verbindungen einzugehen vermag, ist offensichtlich. Bezogen auf die Fantasy zeigt sich das etwa am

Werk von R. Scott Bakker oder an Marlon James' *Schwarzer Leopard, roter Wolf* (*Black Leopard, Red Wolf*, 2019). In ihren Reihen um die Privatdetektive Charlie Parker (seit 1999) beziehungsweise Isaiah Coleridge (seit 2018) evozieren John Connolly und Laird Barron Momente der Kosmischen Angst innerhalb kriminalistischer Narrative; ähnlich verfahren die erste Staffel von *True Detective* (USA 2014) und vor allem die dritte Staffel von *Fargo* (USA 2017). Die Reihe ließe sich fortsetzen. Tatsächlich hat Takashi Miike mit *The Happiness of the Katakuris* (*Katakuri-ke no kôfuku*, J 2001) unter Beweis gestellt, dass es, den nötigen Wahnsinn vorausgesetzt, sogar ein Musical der Kosmischen Angst geben kann.

Für sich genommen, als schiere Auflistung, sind die genannten Beispiele wenig aussagekräftig. Immerhin zeigt sich der bemerkenswerte Umstand, dass sich Spuren der Kosmischen Angst an den verschiedensten Orten entdecken lassen. In der Zusammenschau werfen die Beispiele darüber hinaus eine grundlegende Frage auf: Wie verhält sich die Kosmische Angst zu ihr verwandt erscheinenden Kategorien einer philosophischen Ästhetik – namentlich des Grotesken, Numinosen und Erhabenen –, worin bestehen Zusammenhang und Trennendes?[151]

2.

Folgt man Wolfang Kayser, so ist die Groteske »›übernatürlich‹ und ›widersinnig‹, d. h. in ihr zerbrechen die Ordnungen, die unsere Welt beherrschen«; »mehrere und offensichtlich widersprüchliche Empfindungen werden erweckt, ein Lächeln über die Deformationen, ein Ekel über das Grausige, Monströse an sich, als Grundgefühl aber« – und hier ist sicherlich das Wichtigste benannt – »ein Erstaunen, ein Grauen, eine ratlose Beklommenheit, wenn die Welt aus den Fugen geht und wir keinen Halt mehr finden«.[152] Für Kayser bringt das Groteske also »*die entfremdete Welt*« hervor;[153] eine Welt, die unsere Welt und sie zugleich nicht ist.[154] »Das Grauen überfällt uns so stark, weil es eben unsere Welt ist, deren Verläßlichkeit sich als Schein erweist. Zugleich spüren wir, daß wir in dieser verwandelten Welt nicht zu leben vermöchten. Es geht beim Grotesken nicht um Todesfurcht, sondern um Lebensangst.«[155] Im Grotesken werden die Ordnungen und Gewissheiten zerstört, alles, was den Menschen erlaubt, sich heimisch zu fühlen. Doch das, was diese Zerstörung, diese Verwandlung und Entfremdung bewirkte, muss ohne Namen bleiben. Kayser betont, dass es keine Antwort auf die Frage gibt, wer oder was genau die Welt verwandelt und einbricht in das, was wir zu kennen und zu verstehen glauben: »Sobald wir die Mächte benennen und ihnen eine Stelle in der kosmischen Ordnung anweisen könnten, verlöre das Groteske an seinem Wesen.«[156]

Die »Mächte«, die über dem Grotesken walten, haben also weder Gestalt noch Persönlichkeit; sie lassen sich weder ausdeuten noch einhegen. Gerade das Widersetzliche, was sich in diesem Beharren auf der eigenen Ort- und Wesenslosigkeit ausdrückt, darf als Anzeichen einer Verwandtschaft zwischen dem Grotesken und dem Kosmischen Horror gelten. Letzterer sucht seine Erfüllung in der Entleerung von festgefügten Bedeutungen, um aus dem zertrümmerten Gerüst der Welt, dem zerrissenen Schleier der Wirklichkeit, seine Schrecken zu entbinden. Zweifellos ist es ihm nicht zuletzt um die Erzeugung von Gefühlen der »ratlosen Beklommenheit« und »Lebensangst« zu tun, wenn er die Welt hinter der Welt, die Wirklichkeit hinter der Wirklichkeit offenbart. Auch jene zweite Welt und Wirklichkeit sind freilich Kerker, Folterkammer und Richtstatt. Zu viel mehr taugen sie nicht. Das wiederum unterscheidet die Kosmische Angst sowohl vom Kosmischen Horror als auch vom Grotesken. Die Kosmische Angst will eben nicht nur Beklemmung, sondern auch Befreiung; nicht nur Grauen, sondern auch Zauber; nicht nur Bedeutungslosigkeit, sondern auch einen geheimnisvollen und unergründlichen Überschuss an Bedeutung. In gewisser Weise entspräche das Groteske der Kosmischen Angst, wenn sie sich im Abgrund der Immanenz stillstellen ließe. Doch in einer solchen Arretierung würde sie aufhören, Kosmische Angst zu sein. Das Groteske könnte der Kosmischen Angst also ein Mittel, niemals aber ihr Zweck sein. Ebenso kann man umgekehrt sagen, dass sich das Groteske die Kosmische Angst dienstbar zu machen vermag, um seine eigenen Ziele zu erreichen.

In ähnlicher Weise ist vielleicht auch das Verhältnis der Kosmischen Angst zum Numinosen bestimmbar, wenn man es von der pragmatischen – sprich: ästhetischen – Seite betrachtet. Hier allerdings stößt man auf eine Schwierigkeit. Für Rudolf Otto ist das Numinose zutiefst verbunden mit Momenten »starker und möglichst einseitiger religiöser Erregtheit«, und zwar in einem solchen Maße, dass er alle jene, denen das Gefühl einer derartigen »Erregtheit« fremd ist, darum bittet, die Lektüre abzubrechen.[157] »Denn wer sich zwar auf seine Pubertäts-gefühle, Verdauungsstockungen oder auch Sozial-gefühle besinnen kann, auf eigentümlich religiöse Gefühle aber nicht, mit dem ist es schwierig Religionskunde zu treiben.«[158] Bei dieser Gelegenheit gibt Otto zu verstehen, dass der Ästhetiker und der Religiöse zwar beide gleichermaßen »dankend ablehnen«, wenn eine solche Person es unternimmt, »sich etwa ›Ästhetik‹ als sinnliche Lust und ›Religion‹ als eine Funktion geselliger Triebe und sozialen Wertens oder noch primitiver zu deuten«, Religion und Ästhetik darum aber noch lange nicht dasselbe sind.[159] Was nun das Numinose betrifft, so lässt sich mit Otto sagen, es bezeichne »das Heilige *minus* seines sittlichen Momentes und, wie wir nun gleich hinzufügen, minus seines rationalen Momentes überhaupt«.[160] Rational sei »in der Idee des Göttlichen dasjenige was von ihr eingeht in die klare Faßbarkeit unseres begreifenden Vermögens, in den Bereich vertrauter und definibeler Begriffe«.[161] Wir können diese Feststellung durch die Behauptung ergänzen, »daß um diesen Bereich begrifflicher Klarheit her eine geheimnisvoll-dunkle Sfäre liege, die nicht unserem Gefühl wohl aber unserem begrifflichen Denken sich entziehe und die wir insofern ›das Irrationale‹ nennen«.[162] Jeder Versuch, sich dem Numinosen noch weiter anzunähern, gestaltet sich aber überaus schwierig, da es eben jenseits der »*Sagbarkeit*«, jenseits aller »rationalen Analyse und Begrifflich-machung« daheim ist.[163]

In unseren theoretischen und diskursiven Anstrengungen müssen wir, heißt das, das Eigentliche verfehlen. Um das Numinose weiß, wer das Numinose erfahren hat. Niemand sonst kann im Ernst davon sprechen. Das Zirkuläre des Arguments hängt eng damit zusammen, dass sich die

Erfahrung, die im Numinosen aufgerufen ist, auf etwas bezieht, das möglicherweise gar nicht existiert. Seiner Göttlichkeit entkleidet, ist Gott nur ein Herrensignifikant unter anderen.[164] Ein kurzes Wort, aus dem durchideologisierte Welten und Universen hervorgegangen sind, die Phantasmen von Allmacht, Ewigkeit und Erlösung in handfeste Macht- und Unterdrückungswerkzeuge verwandeln. Umgekehrt gilt freilich, dass Gott, wenn Gott existiert, das Gegenteil eines Herrensignifikanten ist, nämlich die absolute, unentrinnbare Wahrheit – eine Wahrheit, die allein die Erfahrung des Numinosen stiften kann, sofern das Numinose nicht seinerseits Illusion, Betrug, Wahn oder Selbsttäuschung ist. Daraus folgt aber, dass kein Mensch vorherzusagen vermag, wann und ob ihm diese Erfahrung zuteilwird. Wer sich anschickt, im Wald spazieren zu gehen, kann vorsichtig zuversichtlich sein, dass er die Erfahrung eines Waldspaziergangs machen wird. Hingegen darf jemand, der beispielsweise den Rosenkranz betet, darum noch lange nicht erwarten oder gar einfordern, dass sich ihm die »geheimnisvoll-dunkle Sfäre« des Numinosen aufschließt. Offensichtlich hat es nichts mit Bildung, Fähigkeiten oder geschmacklichen Vorlieben – und nicht einmal mit dem Glauben als solchem – zu tun, ob einem Menschen dergleichen Erfahrungen zuteilwerden. Es ist allein Sache der göttlichen Vollmacht; oder der Psychopathologie.

Nach Ottos Überzeugung ist jedoch nicht Gott, sondern das Nichts nicht-existent. Es erweist sich lediglich als Einhüllung des Ewigen. »Aber wie das ›Nichts‹ so ist das ›Leere‹ in Wahrheit ein numinoses Ideogramm des ›Ganz anderen‹«, schreibt Otto in Auseinandersetzung mit Mystik und Buddhismus.[165] Auch die »nur scheinbar kalten oder negativen Wonnen« des Nirvāna können darum »seine Verehrer zum Schwärmen bringen«.[166] In der ästhetischen Rückwendung des Numinosen lässt sich Entsprechendes für die Kosmische Angst behaupten; das Licht jener »geheimnisvoll-dunklen Sfäre«, worin das Heilige sich verbirgt, bringt sie in besonderer Weise zum Glänzen und macht ihre seltsamen »Wonnen« überaus genussvoll. Es gibt nämlich »Momente des Numinosen«; als solche »bestimmt Otto zunächst ein vorbegriffliches Kreaturgefühl, in welchem der Mensch der Macht und Gegenwart eines Göttlichen innewerde. Sodann handelt es sich um ein Gefühl des Schauervollen und zugleich Anziehenden, um das Erleben einer Kontrastharmonie, die Otto auf die griffige Formulierung des ›mysterium tremendum ac fascinans‹ bringt. Als weitere Erfahrungsdimensionen nennt Otto das Erlebnis des Majestätischen oder des Ungeheuren. Dieses Erleben könne sich in primitiv-anfänglicher Gestalt einer bloß dämonischen Scheu und Gespensterfurcht zeigen, bleibe aber auch Strukturmoment der Hochreligionen in der Ehrfurcht vor dem heiligen Gott.«[167] Die »Momente des Numinosen« sind also entweder ästhetische Effekte und als solche kalkulierbar. Etwa dann, wenn am Ende doch nur das Nichts heilig ist, sich das Numinose von seinem künstlerischen Nutzwert her also irgendwo zwischen den drei Arten von Dunkelheit verorten lässt, die Thacker der mystischen Tradition zuschreibt. Oder aber jene »Momente« verweisen auf ein ewiges Jenseits von Raum und Zeit. Dann gilt für die Poetiken der Kosmischen Angst, dass sie, wenn sie sich am tiefsten in die Abgründe der Transzendenz vorwagen, an eine Wahrheit rühren, die weder ästhetisch noch philosophisch und auch nicht theologisch zu fassen ist. Bei dem Kollaps ins Immanente, welcher sich regelmäßig in den Poetiken der Kosmischen Angst vollzieht, handelte es sich dann um das Eingeständnis einer Kapitulation. Denn die Wahrheit, die als *mysterium tremendum ac fascinans* aufscheint, als zugleich schreckliches und faszinierendes Geheimnis also, wäre, dass der ultimative Abgrund – der Sein und Nichts, Raum und Zeit, ja die Ewigkeit selbst in seine unauslotbare Tiefe hineinnimmt – Gott ist. Wer eine solche Perspektivierung erprobt, mag in der Kosmischen Angst eine Art atheistische, agnostische oder jedenfalls ketzerische Mystagogie erkennen, der es darum zu tun ist, das Geheimnis immer wieder in die fremde und verschlossene Unerkennbarkeit zu entrücken.

Und wie verhält es sich mit dem Erhabenen? Allgemein lässt sich sagen: Das Erhabene will die Nichtigkeit des Menschen erfahrbar machen, seine Ohnmacht in Anbetracht von Gewalten, die das Maß seines Denkens und Fühlens auf die Unendlichkeit hin überschreiten; zugleich zielt es darauf – zumindest so, wie es im Umfeld der Aufklärung und des Deutschen Idealismus, etwa von Burke, Kant und Schiller, gedacht wurde –, das menschliche Aufbegehren gegen die eigene Nichtigkeit und Ohnmacht wenn nicht zu zelebrieren, so doch als Seins- und Handelsoption zu setzen. Namentlich bei Kant ist die Option des Aufbegehrens dabei gebunden an »die Leistung einer reflexiven Distanzierung des Betrachters«; in ihr wird, wie Eva Horn es ausdrückt, »die Negativitätserfahrung, der sublime Schrecken des Erhabenen«, jener Abgrund also, der gerade aus der Gewaltigkeit des in der Natur oder im Bewusstsein Geschauten emporwächst, »am Ende eingefangen in der Selbstvergewisserung des Subjekts«.[168]

Wichtig ist vor allem, dass dieses Subjekt, das sich unter Berufung auf ein inneres Sittengesetz noch über das Erhabene erhebt, im Kosmischen Horror und der Kosmischen Angst zwei erbitterte Widersacher findet. Beide mögen, wirkungsästhetisch gesprochen, ähnliche Ziele verfolgen wie das Erhabene. Sie können indes nicht dulden, dass das Ich in Überlegenheit seiner Vernunft die eigene Rekonstitution herbeiführt. Vielmehr soll die Vernunft sich bei der Wanderung durch die Schattenlande einer jenseitigen Wirklichkeit verausgaben und zuletzt der eigenen Negation in den Schlünden von Raum und Zeit beiwohnen. Allein schon aus poetologischer Notwendigkeit wäre in der Perspektive beider, des Kosmischen Horrors und der Kosmischen Angst, der Kritik Hans Richard Brittnachers zuzustimmen: »In bedenklicher Weltfremdheit und stoischer Mißachtung menschlicher Kreatürlichkeit führt die Ästhetik des Erhabenen heterogene Modellsituationen des Schrecklichen vor, in denen ein selbstbewußtes Subjekt so entschlossen wie gelassen wilden Tieren, Naturkatastrophen, moralischen Anfechtungen, politischen Verlockungen, weiblichen Reizen und boshaften Gegnern widersteht. Den boshaftesten dieser Gegner, das eigene Selbst mit seiner Sehnsucht nach Regression und Verschmelzung mit dem Tod und seiner Lust an vorzivilisatorischen Ausbrüchen seines Affektpotentials, nimmt sie nicht zur Kenntnis.«[169] Die »heroische Ästhetik des Erhabenen« ist also »auf ein heroisches Subjekt angewiesen«, das für Brittnacher durch einen Zug nicht nur »von Titanismus«, sondern auch »von lächerlicher Anmaßung« gekennzeichnet ist.[170]

Aus der Stille und Schwärze einer sternlosen Nacht erklingt der Hohn des kosmischen Indifferentismus, den gerade das »Heroische« dieses sogenannten Subjekts – weiß, zweifellos männlich – zur Heiterkeit reizt. Angesichts der mikroskopischen Bedeutungslosigkeit der menschlichen Spezies insgesamt, kann es sich hierbei ja höchstens um den »Titanismus« einer Ameise handeln, die sich mit einem Krümelchen Zucker davonmacht. Hier aber trennen sich erneut die Perspektiven des Kosmischen Horrors und der Kosmischen Angst. An den Triumph der Vernunft glaubt weder der eine noch die andere. Die Kosmische Angst jedoch entwirft ein menschliches Subjekt, das sich in der Preisgabe seiner Gewissheiten und Sicherheiten als widerstandsfähig und vor allem abenteuerlustig angesichts des radikal Fremden und Unbekannten erweist. Ihre Poetiken wollen ein beglückendes Grauen und ein grauenvolles Glück hervorrufen, die nur in der Erkundung von Abgründen der Immanenz und Transzendenz auffindbar sind. Ein Ich, das sich vorschnell in Selbstmord oder Irrsinn flüchtet, ist da kaum hilfreich. Das gilt nicht nur für Figuren, die sich in einer Geschichte wiederfinden, die sie an die Ränder von Zeit und Raum führt; es gilt mutatis mutandis ebenso für die Leser und Zuschauerinnen, denen bekanntlich die Freiheit gegeben ist, jederzeit vor ästhetischen Zumutungen zu kapitulieren.

Die Kosmische Angst kann also wenig anfangen mit einem Bild des Menschen, in dem er so unbedeutend und nichtswürdig ist, dass sein eigener Schatten sich angeekelt oder gelangweilt von ihm abwendet. Nicht tauglich für ihre Zwecke ist ein Subjekt, das, in seiner Hilflosigkeit und Ohnmacht, den Anblick des eigenen Schattens nicht erträgt – und noch weniger die Schatten von Wesen und Dingen, die im Dämmerlicht schräg über die Wege fallen. Durchaus geeignet wäre hingegen ein Mensch, der, wie vernünftig oder unvernünftig auch immer, die Welt und sich selbst so sehr verändert, dass er schließlich keinen einzigen Schatten mehr wiedererkennt. Und dann erst sich entsetzt mit jenem rauschhaften Schrecken, der nicht ablassen kann oder will von dem Tun, aus dem er erstanden ist.

Daran, welcher Idee von Mensch, Ich und Subjekt die Kosmische Angst zuneigt, wird deutlich, inwiefern sie (und, in geringerem Maße, auch der Kosmische Horror) einem Begriff des Erhabenen verbunden ist, der erst im Denken des 20. Jahrhunderts auftritt: etwa bei Lyotard, der im Erhabenen, wie Eva Horn feststellt, die »Signatur einer postmodernen Ästhetik« erkennt, »die immer auf ein irreduzibles Undarstellbares und Unkommunizierbares verweist«.[171] Gerade »diese Diagnose einer Formlosigkeit des Gegenstands – eines Widerstands gegen Darstellung schlechthin –«[172] ermöglicht es Horn nämlich, zumindest in den Grundzügen eine »ästhetische Theorie des Anthropozäns« zu entwerfen.[173] Die Verfasstheit unserer Gegenwart bringe es mit sich, dass sich der Mensch »nicht mehr als Gegenüber, sondern gleichsam im Inneren der Dinge« wiederfinde: »im Inneren des Klimawandels, inmitten von koexistierenden Lebensformen, umstellt von Technologien und ihren Folgen, abhängig von Kapital- und Materialflüssen, die Ökonomien und Ökologien unkontrolliert verändern«.[174] Diese Involviertheit realisiere sich »in den unterschiedlichsten Modi der Verantwortlichkeit und des Betroffenseins, der Wahrnehmung und – wichtiger noch – des *Nicht-Wahrnehmens*«.[175] Das wiederum bedeutet: »Jede Kunst des Anthropozäns, die sich nicht auf bloße Thematisierung beschränkt, muss diese Un-Wahrnehmbarkeit und Unheimlichkeit *in ihrer Form* ausdrücken, als ein Sicht-, Fühl-, Spür- und Denkbarmachen von etwas, das sich phänomenaler Erfahrbarkeit gerade durch seine *Nähe* entzieht. Anders als in den Ästhetiken der klassischen Moderne hat die Undarstellbarkeit also nicht mit einem Entzug der Dinge zu tun, sondern mit einer unheimlichen – unkontrollierbaren, unüberschaubaren – Intimität mit den Dingen, einer Hyperkomplexität und Überdimensionalität der Welt.«[176]

Bis zu einem gewissen Grad können die Poetiken der Kosmischen Angst, so meine ich, beispielhaft für eine solche »Ästhetik des Anthropozäns« einstehen. Die »bloße Thematisierung« ist nicht ihre Sache. Nur selten unternehmen sie es, zu explizieren, was politisch, sozial oder ökologisch in ihren jeweiligen Weltentwürfen auf dem Spiel stehen könnte. Wer darum meint, die Kosmische Angst habe mit alldem nichts zu schaffen, vergisst, dass Kunst ihre Wahrheit nicht in Narrativen oder Botschaften hat, die von der ästhetischen Erfahrung ablösbar wären. Was die Kosmische Angst erfahrbar macht, sind Reisen an innere und äußere Grenzen des Denkens und Fühlens, die sich allerdings nie so gestalten, dass ein Blick von außen möglich ist; immer sind wir im Inneren der »Un-Wahrnehmbarkeit und Unheimlichkeit«, wenn die grundlegendsten Gesetzmäßigkeiten von Raum und Zeit und Wirklichkeit ihre Macht verlieren, brüchig und zweifelhaft werden. Die Suspensionen und Auflösungen vollziehen sich eben nicht nur an den Figuren des Films oder Romans, der Serie oder Erzählung, sondern zugleich auch an uns als Zuschauerinnen und Lesern; und sie tun es in fremder »Intimität« mit Wesenheiten, Dingen, Orten, deren Unbegreiflichkeit, als Nähe und als Ferne, ebenso verlockend wie entsetzlich, beglückend wie verstörend, befreiend wie klaustrophobisch ist. So entstehen raumzeitliche Konfigurationen, deren »Hyperkomplexität und Überdimensionalität« als poetisches Machen sich entfalten – als poetisches Machen, das eine Modulation von Subjektivität erstrebt: Sie soll, sofern dergleichen in der Kunsterfahrung geschehen kann, auf einen Zustand der Nicht-Identität mit sich selbst hin geöffnet werden.

3.

Wenn all das zutrifft, stellt sich zuletzt die Frage, ob in der Ausprägung einer »Ästhetik des Anthropozäns«, wie sie der Kosmischen Angst entspricht, spezifische Bezugsmöglichkeiten auf unsere Gegenwart angelegt sind. Was das Menschenbild betrifft, so fällt es weder in eins mit dem »heroischen Subjekt« des Erhabenen der Aufklärung noch mit dem erbärmlichen Wurm, den der kosmische Indifferentismus als prototypische Realisierung des Humanen setzt.

Vielleicht lässt es sich am ehesten vermittels der Diagnose fassen, die Freud in seiner wohl einflussreichsten kulturanalytischen Schrift aufstellt. Der Mensch hat sich »seit langen Zeiten eine Idealvorstellung von Allmacht und Allwissenheit gebildet, die er in seinen Göttern verkörperte. Ihnen schrieb er alles zu, was seinen Wünschen unerreichbar schien, – oder ihm verboten war. Man darf also sagen, diese Götter waren Kulturideale. Nun hat er sich der Erreichung dieses Ideals sehr angenähert, ist beinah selbst ein Gott geworden. Freilich nur so, wie man nach allgemein menschlichem Urteil Ideale zu erreichen pflegt. Nicht vollkommen, in einigen Stücken gar nicht, in anderen nur so halbwegs. Der Mensch ist sozusagen eine Art Prothesengott geworden, recht großartig, wenn er alle seine Hilfsorgane anlegt, aber sie sind nicht mit ihm verwachsen und machen ihm gelegentlich noch viel zu schaffen.«[177] Freud fügt hinzu, der Mensch dürfe sich damit trösten, dass die weitere Entwicklung wahrscheinlich dafür sorgen werde, dass sich seine »Gottähnlichkeit« noch weiter steigert; »allerdings wollen wir aber auch nicht daran vergessen, daß der heutige Mensch sich in seiner Gottähnlichkeit nicht glücklich fühlt«.[178] Offenbar besteht neunzig Jahre später kein Anlass, Freuds Diagnose aus *Das Unbehagen in der Kultur* zu korrigieren. Der »Prothesengott Mensch« hadert 2020 mindestens ebenso sehr mit sich selbst, seiner Spezies und der Welt wie 1930. Aus Sicht der Psychoanalyse erklärt sich die bemerkenswerte Befähigung zum Unglück, die unsere Spezies kennzeichnet, vorwiegend dadurch, dass das Ich erstens, in höchst unbequemer Lage eingekeilt ist zwischen Es und Über-Ich, und dass wir Menschen, zweitens, das nahezu unüberwindliche Bedürfnis verspüren, die schützende und liebende Nähe anderer zu suchen, zugleich jedoch von dem fast ebenso unüberwindlichen Bedürfnis umgetrieben werden, diesen anderen aggressiv, beherrschend und unterdrückend zu begegnen. Ausgleich ist da schwer zu finden.

Das ist allerdings recht irdisch gedacht. Für die Kosmische Angst jedenfalls ergibt sich aus dem Umstand, dass sich der Mensch in den Stand eines Prothesengottes erhoben hat, eine zweite, metaphysische Klemme. Wir sind Gott genug, um Gott zu verabschieden; das Nichts hingegen können wir nicht anrühren. Und wäre es uns möglich, uns in unserer »Gottähnlichkeit« so weit zu vervollkommnen, dass wir Unsterblichkeit erlangten, so müssten wir dennoch das Joch eines immanenten Nichts tragen. Hier versagen die Prothesen. Denn Langweile, Liebesmangel, Lebensödnis, das Ungenügen sowohl am erfüllten als auch am unerfüllten Verlangen blieben bestehen. So wünscht sich der Menschgott manches Mal sein Menschsein zurück. Aber Gott ist abgeschafft. Es bleibt nur, das Nichts anzubeten oder Götzen aus ihm zu erzeugen. Doch die Götzen tragen das Zeichen ihrer Herkunft. Es lässt sich nicht abwaschen, höchstens ausbrennen. Dann allerdings verweisen die Wunden, Narben und Verstümmelungen auf das, was fehlt. Keine Reise hilft uns, dem Nichts zu entfliehen; es wartet immer schon am Zielort.

So verzweifelt der Prothesengott an seiner Göttlichkeit und ersehnt sich, irgendetwas anderes zu sein: ein neuer, besserer Gott, ein Tier, eine Maschine, ein Monster – vielleicht gar, in schwachen Stunden, ein Mensch. Doch zugleich ist ihm die Vorstellung ein Schrecken, seiner behelfsmäßigen Göttlichkeit beraubt zu werden, denn es ist ja »direkt die Erfüllung aller – nein, der meisten – Märchenwünsche, was der Mensch durch seine Wissenschaft und Technik auf dieser Erde hergestellt hat«.[179] Der *Homo sapiens*, dessen prothetische Divinität aus »Wissenschaft und Technik« erwächst, ist darum längst zum Nicht-Menschen und Nicht-Gott geworden. Vielleicht war er es schon immer. Im Hader mit sich zerfallen, vermag er jedenfalls kaum mehr zu ertragen, dass ihm von überall her die Folgen seines Scheiterns und Versagens, seiner göttlichen Nichtigkeit entgegenstarren. So setzt er seine letzte Hoffnung darin, Krankheit, Alter, Tod und Bedürftigkeit stets noch ein bisschen weiter zu überwinden.

Vielleicht ist das einer der Gründe, weshalb allerorts das »oft gewalttätige Bild einer ›Welt ohne…‹« aufscheint; es ist, wie Mbembe schreibt, eine »›Welt des großen Loswerdens‹, in der man sich aller Störenden entledigt: der Muslime, die die Innenstadt verstopfen; der Neger und anderer Ausländer, die deportiert werden sollten; der Terroristen (oder mutmaßlichen Terroristen), die man selbst foltert oder von Stellvertretern foltern lässt; der Juden, von denen leider doch so viele den Gaskammern entronnen sind; der Migranten, die von allen Seiten herbeiströmen; der Flüchtlinge und aller Gescheiterten, dieses Treibguts aus Leibern und menschlichem Aas, das einem schimmelnden, stinkenden, verfaulenden Haufen Abfall zum Verwechseln ähnlich sieht und massenhaft entsorgt werden muss.«[180] Es ist die von Grauen und Grausamkeit erfüllte Sehnsucht, sich vom Dreck der Existenz reinzuwaschen, befreit zu sein von der Geschichte, befreit zu sein von der Bürde einer untragbaren Verantwortung und einer unentrinnbaren Niederlage, befreit zu sein schließlich von einem Wissen, das niemandem nützt, und einer Ahnungslosigkeit, die trotz allem unendlich ist – kurzum, es ist die Sehnsucht nach der Freiheit des Nichts, eine ultimative Prothese, die die Kosmische Angst zum Insignium des Menschen unserer Zeit erhebt.

Bin ich ein solcher Mensch? Sind wir es? Fest steht, dass die Kosmische Angst eo ipso kein Instrumentarium zur Gesellschaftsanalyse oder Zeitdiagnostik anbietet. Die Bilder, die aus ihr entstehen, sind zunächst: Bilder. Sie tragen in sich die Wahrheiten und Lügen (oder, wie Mario Vargas Llosa sagen würde, die »Wahrheit der Lügen«), welche den Geschichten geziemen, durch die das Dunkle vertrieben und eingeladen wird. Doch wenn es zutrifft, dass »sich vergangene und gegenwärtige Kulturen in der Rede über Furcht und Angst beschreiben und organisieren«,[181] dann stellt sich die Frage, ob Kosmische Angst die Angst des 21. Jahrhunderts sein könnte. Mit großer Wahrscheinlichkeit ist der Kosmische Horror – obgleich er in der Kunstproduktion selten gelingt – jedenfalls der Horror unserer Zeit. Er entspricht der kollektiven Wahrnehmung eines ohnmächtigen Taumels. Und er entspricht der paranoiden Fantasie einer Welt, die von namen- und gesichtslosen, übelwollenden Mächten beherrscht wird; Mächten, die sich hinter der Wirklichkeit verbergen, dabei jedoch eine entsetzliche Herrschaft über die Wirklichkeit ausüben und weder in der abstrusesten Verschwörungstheorie noch der radikalsten Systemkritik entblößt werden können. Der Kosmische Horror erfüllt diese Ungewissheit mit einer Negativität, die in ihrer Absolutheit entlastend ist, insofern sie dem Menschen keine Möglichkeit einräumt, den Lauf der Dinge irgend zum Besseren zu wenden, und jeden Versuch einer solchen Beeinflussung als lächerlich, anmaßend und jedenfalls aussichtslos darstellt.

Was ist nun mit der Kosmischen Angst? Bezogen auf die Krisendiagnosen unserer Gegenwart – vom Klimawandel bis zu verheerenden Seuchen und apokalyptischen Kriegen – lässt sich das Projekt einer Kunst, die in ihrem Zeichen steht, als Versuch begreifen, die Rezipientinnen in der Spannung zwischen Angst *vor* und Lust *an* der eigenen Auflösung zu verorten. Vielleicht könnte man sagen, dass eine mehr oder weniger diffuse

Zeitstimmung in ihr einen ästhetischen Ausdruck findet. Einerseits scheint der Mensch alles zu sein und alles zu können: Noch die Überwindung des Todes gilt im Silicon Valley als realistische Möglichkeit. Andererseits ist die Bezugnahme der Spezies Mensch auf sich selbst in höchstem Maße von Diagnosen eines umfassenden Ungenügens geprägt, sodass die Frage im Raum steht, ob wir nicht für unsere eigene Abschaffung votieren sollten. Wenn es zutrifft, dass sich der Mensch, zumindest der westliche, der immer zugleich zu viel und zu wenig hat und ist, gleichermaßen als transhumanen Halbgott und Abschaum des Universums wahrnimmt, dann ist die Kosmische Angst eine ästhetische Form, in der diese Wahrnehmung selbst anschaulich wird – zielt sie doch darauf, einen nicht-menschlichen Blick auf die Welt, auf Geschichte und Gesellschaft, ja auf den Menschen selbst erfahrbar zu machen, indem sie das Ich an eine Grenze des Denkens und Fühlens führt.

Einem Diktum Luhmanns zufolge wissen wir das, was wir über die Welt wissen (oder zu wissen meinen), aus den Medien. In diesem Sinne ist die Kosmische Angst längst schon zum Alltagsgefühl unzähliger Menschen geworden – was vielleicht die merkwürdig ortlose Ubiquität der Lovecraft'schen Poetiken erklärt. Unser Medienwissen ist durch eine unüberwindliche Diskrepanz zwischen Handlungsforderungen und Handlungsmöglichkeiten gekennzeichnet; ebenso wie durch die unausgesetzte Produktion und Reproduktion einer Wirklichkeit, die sich aus Bildern von Bildern von Bildern zusammensetzt. Bei manchen der Populärkultur zugeneigten Menschen mag der Klimawandel die Vorstellung eines postapokalyptischen Abenteuers – wilde Freiheit in brutalster Unterdrückung – evozieren; oder die bange Sehnsucht nach einem nomadischen Dasein in den Ruinen des Kapitalismus. Gemüter, die sich in nüchterner Wissenschaftlichkeit üben, werden hingegen versuchen, das wahrscheinlichste Szenario zu ermitteln, um einigermaßen solide einschätzen zu können, was in fünfzig Jahren von den Zivilisationen übrig geblieben sein wird.

Zumindest in einer Hinsicht macht es keinen Unterschied: Niemand kann sich ernstlich vorstellen, was da kommt und wie sich das Leben anfühlen wird, wenn es einmal gekommen ist. Sollten die katastrophischen Prognosen zutreffen, so verbringen wir unsere Tage in einer Wirklichkeit, die es eigentlich nicht mehr gibt. Der Gang zum Bäcker ist dann eine Unternehmung, die annähernd so fantastisch anmutet wie die Suche nach dem Einhorn im Märchenwald oder ein Fußballspiel in den Kratern des Mars. Denn diese Wirklichkeit, durch die ich mich bewege, ist längst schon tot; sie weiß es nur noch nicht. Oder schlimmer noch: Sie weiß es, hat aber keinerlei Konsequenz gezogen aus diesem ihrem Sterben. Sie führt ein untotes Dasein, bis die Sonne aufgeht und alles zu Asche zerfallen lässt, was sich Macht und Wahrheit anmaßte. Doch auch, wenn die Prognosen nicht zutreffen, hat die Kosmische Angst ihren Teil an unserem Denken und Fühlen. Denn für den Fall, dass sich der Klimawandel – allen Wahrscheinlichkeiten zum Trotz – als epochales Missverständnis entpuppen sollte, sind die Sorgen, Bemühungen und Hoffnungen unzähliger Menschen die längste Zeit geprägt worden durch eine Wirklichkeit, die es nicht gibt.

Kosmische Angst heißt also, dass die Wirklichkeit, die sich ökonomisch und politisch immer rigider gestaltet, zugleich von einer zunehmenden, ganz und gar alltäglichen und dabei völlig aberwitzigen Unvorstellbarkeit bestimmt wird: ein klaustrophobisches Gefängnis und eine endlose Weite voller furchtbarer Verheißungen und zauberhafter Verhängnisse.

4.

Vielleicht war es voreilig zu sagen, nur als ästhetisches Gefühl könne sich die Kosmische Angst vollgültig entfalten. Es ist wahr, dass etwa Krankheiten, die den Menschen in die Nähe des Todes zwingen, für gewöhnlich weder die Bereitschaft noch die Fähigkeit befördern, phantasmatische Reisen an die Grenzen von Raum und Zeit, von Selbst und Wirklichkeit zu unternehmen. Schon Zahnschmerz sorgt, wie Wilhelm Busch wusste, dafür, dass die Seele dazu gezwungen ist, ihre Heimstatt im schmerzenden Zahn zu nehmen. Schwer vermeidlich ist darum, dass Leiden und Krankheit das Universum immer mehr ausfüllen, in dem Maße, wie sie drohen, es auszulöschen. Das in uns, was leben will, kämpft erbittert um jeden Atemzug und holt sich für diesen Kampf alle Unterstützung, derer es habhaft werden kann. Aber manchmal nimmt die Bedrohung eine Form an, die in sich eine Irrealität und Undenkbarkeit trägt, die die üblichen Widerstände gegen den Tod kollabieren lassen oder in einer verstörenden Überdrehung gegen sich selbst kehren.

Ich denke an den Bericht »Der Augenblick meines Todes«, den Maurice Blanchot von dem Tag und der Stunde gibt, als er, noch ein junger Mann, sich plötzlich vor einem Erschießungskommando der Nazis wiederfand: »Ich weiß – das weiß ich –, der, auf den die Deutschen schon zielten, verspürte nun, als er nur noch auf das letzte Kommando wartete, ein Gefühl außergewöhnlicher Leichtigkeit, eine Art Seligkeit (nichts Glückliches jedoch) – souveräne Heiterkeit? Die Begegnung des Todes mit dem Tod.«[182] Blanchot überlebt diesen 20. Juli 1944 und wird von französischen Partisanen und der Roten Armee gerettet. Gegen Ende seines Berichtes heißt es: »Das also war der Krieg: das Leben für die einen, für die anderen das Grauen der Ermordung. Indes blieb, in dem Moment, als die Erschießung nur mehr ausgesetzt war, das Gefühl von Leichtigkeit, das ich nicht zu übersetzen wüsste: vom Leben befreit? das Unendliche, das sich eröffnet? Weder Glück noch Unglück, auch nicht die Abwesenheit von Furcht und vielleicht schon der Schritt jenseits. Ich weiß, ich stelle mir vor, dieses unanalysierbare Gefühl veränderte das, was ihm an Existenz verblieb. Als ob der Tod außerhalb von ihm von nun an nur auf den Tod in ihm stoßen konnte. ›Ich bin lebendig. Nein, Du bist tot.‹«[183]

Knapp sechzig Jahre nach dem Sommertag, an dem Blanchot die Wahrheit des Krieges begriff und seinen Tod überlebte, schreibt Jacques Derrida in einem Nachruf auf den Freund: »Verschwinden, ohne zu sterben, oder sterben, ohne zu verschwinden, die Alternative ist also nicht einfach. Sie verdoppelt sich in sich selbst, wir werden die Probe dafür heute auszustehen haben. Von dem, der sie uns zu denken gegeben hat, können wir heute sagen, dass er gestorben ist, ohne zu verschwinden, aber auch, dass er verschwunden ist, ohne zu sterben. Sein Tod kann undenkbar bleiben, er war ihm schon zugestoßen. Auf halbem Wege zwischen literarischer Fiktion und glaubwürdiger Zeugenschaft angesiedelt, liefert *Der Augenblick meines Todes* seine Darstellung und die seiner unausdenkbaren Zeitlichkeit.«[184] Sicher entspricht dieser Zeitlichkeit keine Haltung. Sie ist nichts Erzeugtes oder Erarbeitetes, sondern etwas, das einem Menschen zustößt. In ihrer Undenklichkeit aber kann Kosmische Angst zu einer Sache des eigenen Lebens und eigenen Sterbens werden. Es ist gut möglich, dass viele Millionen Menschen eine Ahnung davon bekommen haben, was das bedeuten könnte, als im Januar, Februar oder März 2020 mitten in ihrer Stadt, ihrem Viertel, ihrer Straße, ihrer Wohnung und ihrem Kopf eine Welt erstand, die wenige Tage oder gar Stunden zuvor noch nicht da gewesen war und in der keine der Regeln mehr zu gelten schien, die das Leben bis dahin bestimmt hatten. Sie ist jetzt Vergangenheit, doch ebenso gut mag sie die Zukunft sein, die wartet.

5.

Es ist viel los an diesem Augustmorgen. Die Sonne scheint, der Himmel ist blau; schwer und klebrig legt sich die Hitze auf die Markthalle und die Cafés. Drinnen trägt man Maske (meistens), draußen stehen die Tische weiter auseinander als früher (vielleicht), doch das Gedränge könnte größer kaum sein. Die meisten hier sind eher jung als alt, eher wohlhabend als verhungert, und hinreichend gutaussehend. Sie hoffen auf Glückseligkeit – oder wenigstens ein paar Kugeln *artisanal ice-cream*. Ein Mann tanzt aus der Reihe. Oder vielmehr: Er steht. Genaugenommen steht er an einem der wenigen öffentlichen Fernsprecher, die noch aus mobilfunkärmeren Tagen übrig geblieben sind, bedeckt mit Aufklebern und unleserlichem Gekritzel. Es wirkt zugleich lässig und völlig durchgeknallt, wie der Mann – ein auf den Hund gekommener Altrocker mit nackenlangem weißem Haar und Bart – dort am Fernsprecher steht; leicht vorgebeugt, einen bestiefelten Fuß abgestützt. Minutenlang tippt er immer neue Nummernfolgen auf den Wähltasten, ohne den Hörer anzurühren oder eine Münze in den Apparat einzuwerfen. Er macht einen konzentrierten Eindruck. Man merkt: Er hat etwas zu tun. Nach einer Weile wendet sich der Bärtige vom Fernsprecher ab, steigt auf ein schwer mit allerlei Tüten und Kisten beladenes Fahrrad und tritt in die Pedale. Etwa eine halbe Stunde später jedoch kommt er zurück und beginnt von Neuem mit seiner Wählarbeit. Das Ganze wiederholt sich mehrere Male. Unbemerkt von den Flaneuren und Flaneusen, jenseits des Verhängnisses der Sommerfreude, vollzieht sich das Drama. Sein Höhepunkt ist erreicht, als der Bärtige endlich den Hörer abhebt und an Ohr und Mund legt. Doch niemand bemerkt, was geschieht; niemand hört die ungesprochenen Worte. Auf einem der Tische des nahen Cafés, neben einer halbleeren Milchkaffeetasse und einem halbvollen Wasserglas, liegt ein Buch. Es ist ein Krimi von Friedrich Ani. Wie nicht anders zu erwarten, besteht er aus zahlreichen Sätzen. Einer von ihnen lautet: »Mehr und mehr mutete Franck dieser in einer einzigen Tonlage aus ihrem Mund strömende Klagelaut wie der Gesang des letzten Menschen auf Erden an, der keinen Schatten mehr warf und sich an nichts mehr erinnerte, außer an den Geschmack von Stachelbeeren in einer mondlosen Nacht vor abertausend Jahren.«[185] Könnte der Bärtige dieser letzte Mensch sein? Tatsächlich, er wirft keinen Schatten. Inmitten einer Schar eifriger Gespenster harrt er aus, während ein Sternensturm die ewige Nacht erhellt und der Wind durch die Trümmer streift, klagend oder kichernd. Der Bärtige harrt aus, wartet darauf, dass aus dem toten Äther eine Stimme zu ihm spricht. Sie wird ihm leise ein Haiku vorlesen, und er wird wissen, was es war, das ihn hat ausharren lassen, hinweg über die Einsamkeit eines Dutzends zerbrochener Leben, während unaufhörlich wildes Gras wuchs vor den Toren des Tempels.

6.

Hat irgendwer bereits entschieden, welcher Anfang endet und welches Ende anfängt? Eine Drohne fliegt über die Stadt. Sie übermittelt Bilder der leeren Straßen, leeren Plätze, leeren Brücken, leeren Hinterhöfe; endlose Reihen von Häusern und Hochhäusern, die so aussehen, als seien sie ebenso leer und still wie die Straßen, die Plätze, die Brücken, die Hinterhöfe. Über allem breitet sich ein schwerer, grauer Himmel; Dunst verhüllt die Stadt. Es gibt noch andere Bilder. Manche sind aus der Perspektive eines Menschen aufgenommen, der sich durch die Stadt und die Städte bewegt, Fragmente einer universalen Megalopolis. Auch auf ihnen sehen wir Straßen, Plätze und Häuser. Aber es ist nicht die Anonymität von Straßen, Plätzen und Häusern, deren Namen sich in der Stille und Leere verloren haben: Es sind Wahrzeichen, Sehenswürdigkeiten und Sehnsuchtsorte. Jeder kennt ihre Namen, doch könnten sie ebenso gut auf ihre Namen verzichten. Denn obgleich sie sich über sämtliche Kontinente verteilen – und über Tag und Nacht, Sonnenschein und Regen –, gehören sie derselben Stille und Leere an. In Stille und Leere hat sich die Welt verjüngt. Sie ist so jung geworden, dass wir nun die Vergreistheit unseres Himmels und unserer Hoffnung erkennen können. Übrigens ist es nicht so, dass in den leeren Straßen keine Menschen wären. Immer wieder erscheinen einige von ihnen im Bild. Sie sind unterwegs. Es ist schwer zu sagen, ob sie es eiliger haben als sonst, da die Stadt sie zu überwältigen droht mit ihrer Stille und Leere; oder ob sie sich, im Gegenteil, mit größerer Ruhe bewegen, weil sie wissen, dass es ohnedies unmöglich ist, ans Ende der Stille und der Leere zu gelangen. Fest steht, dass viele von ihnen etwas verdruckst wirken. So als fürchteten sie, ertappt zu werden. Vornehmlich besteht ihre Schuld darin, dass sie sich im Bild befinden. Sie stören die Leere und die Stille. (Es heißt, man könnte Aufnahmen finden, wo Schreien, Wimmern und Weinen sich ins Schweigen bohren.) Sie stören, weil wir jetzt wissen, wie die Welt ohne uns aussieht. Es ist, als kämen diese Bilder von der anderen Seite der Geschichte. Seltsamerweise wirken sie dabei wie etwas Erinnertes. Eine zukünftige Vergangenheit; ein Es-wird-einmal-gewesen-sein. Schön ist diese Welt ohne uns. Wäre es nur möglich, in ihr sich aufzuhalten, ohne einen Platz einzunehmen. Dann könnten wir gemeinsam uns erinnern. An die Straßen, die Plätze, die Brücken, die Hinterhöfe. An die endlosen Reihen von Häusern und Hochhäusern. An den schweren, grauen Himmel. An die Leute auf ihren Fahrrädern. An die Leute in ihren Autos. An die Leute, die zu Fuß gehen. An die Stille. An die Leere.

7.

In ihrem Film *High Life* (F/GB/D 2018) zeigt uns Claire Denis ein stellares Begräbnis, das einer Entsorgung gleicht. Eine Handvoll toter Astronauten wird aus dem Raumschiff geworfen. In einer langen, unbewegten Einstellung sehen wir ihren Fall. Einer nach dem anderen kommen sie vom oberen Bildrand herab und sinken durch die schweigende Schwärze, in der vereinzelt Sterne glimmen; regungslos, in sanftem Einvernehmen sinken sie, die Arme nah am Körper, die Füße voran. Vielleicht ist da ein Toter mehr, als richtig wäre.[186] Aber wen kümmert es? Überzählig sind sie alle. Gleichviel, ob es sich bei ihnen zuvor um Männer, Frauen oder überhaupt um Menschen gehandelt hat.

Die Einstellung steht ziemlich am Anfang von *High Life*. Danach geht der Film noch lange weiter. Doch mir fällt es schwer, nicht bei den toten Astronauten zu bleiben. Man kann sich vorstellen – oder vielmehr: man kann sich nicht vorstellen –, wie sie fallen. Ihr Fall hat kein Ende. Es ist ein Fall durch die Schwärze; durch unnennbare Lichter; vorbei an Sonnen, die längst erloschen sein werden, wenn der Fall der toten Astronauten erst zu einem infinitesimalen Teil vorüber ist. Vielleicht führt dieser Fall sie irgendwann in so abgelegene Regionen, dass sich im Umkreis einer Unendlichkeit keine Galaxie mehr findet. Werden ihre Körper, bewahrt in der erbarmungslosen Kälte des Weltalls, noch jung und schön sein, wenn das Ende der Unendlichkeit, das Ende von Zeit und Raum erreicht ist? Und was wartet am Ende dieses Endes? Fallen die Toten zuletzt in Gottes Hand? Aber wie groß müsste diese Hand sein, um das Universum zu umfassen? Vermutlich gibt es in den Geheimlehren Berechnungen dazu. Aber da Gottes Hand erst jenseits der Unendlichkeit, jenseits von Raum und Zeit die Toten umschließt, verfügt niemand über das Maß, welches nötig wäre, um eine solche Berechnung anzustellen.

Dennoch muss man nur an die Vermessung von Gottes Hand denken, um zu erahnen, dass die Existenz Gottes vielleicht ein größeres Problem für den Menschen darstellt, der ein Astronaut sein will oder sein muss (kurz gesagt, für uns alle), als die Existenz des Nichts. Zweifellos besteht das Heikle der Wunscherfüllung darin, dass sie immer in der Zukunft liegt, wir zum Zeitpunkt ihres Vollzugs also wieder näher an den Tod herangerückt sein werden. Dessen ungeachtet hat Epikur recht, dass uns der Tod – mithin das Nichts – strenggenommen nichts angeht. Aber wie sollte uns ein Gott, der das Universum in seinen Händen hält, nichts angehen? Und wenn es wahr sein sollte, dass seine göttliche Demut darin besteht, dass er das Kleine um seiner Kleinheit willen liebt – welche Zumutung, sich auf diese Weise lieben zu lassen! Die Impertinenzen des Nichts sind vergleichsweise einfach hinnehmbar. »Der Tod Gottes und der Tod des Menschen sind aufeinander bezogene Phänomene«, schreibt Eric Voegelin, »beide – die Herstellung von Göttern und die Herstellung von Selbsten – manifestieren beim Menschen den Verlust seiner Identität.«[187] Doch vielleicht hat Voegelin die Rechnung ohne die Unerträglichkeit Gottes gemacht. Vielleicht sind die Astronauten, ob lebendig oder tot, ganz zufrieden damit, ihre Identität zu negieren und ihre Selbste ins Nichts zu führen.

Auch in Stanley Kubricks *2001: Odyssee im Weltraum* (2001: *A Space Odyssey*, GB/USA 1968) geht ein Astronaut im Weltraum verloren. Allerdings macht Dr. Frank Poole sich nicht zu einem endlosen Fall ins Nichts auf. Kubrick inszeniert seinen Tod – denn zunächst lebt Frank noch – eher so, als würde ein unwiderstehlicher Sog von der Schwärze ausgehen; ein Sog, der den Astronauten hineinzieht in die Bildtiefe, welche am äußersten Rand des Sichtbaren in eins fällt mit der Unendlichkeit. Wir sehen den Todeskampf des Mannes im gelben Anzug, sein Zucken und Zappeln, während er sich um die eigene Achse dreht; dann sehen wir ihn von hinten, nun in langsameren, ruhigeren Umdrehungen, ein Leichnam schon, auf seinem Weg ins Nirgendwo. Was wir nicht sehen, ist sein Gesicht. So bleibt es uns erspart, in die grauenvoll verzerrten Züge eines Menschen zu blicken, der weder Luft noch Halt findet. Doch was wäre, wenn wir Frank folgten, über einige Lichtsekunden hinweg, und ihn in einem unachtsamen Moment ertappten? Vielleicht hätte er sich längst schon eingerichtet in der grenzenlosen Stille und unermesslichen Leere.[188] Vielleicht würden wir in seinen Zügen nunmehr das Emblem der Kosmischen Angst erkennen, so wie sich das Drama des Kriegsfilms im *shell-shocked face* des leidenden Soldaten verdichtet.[189] Das sinnlose und das sinnreiche Opfer. Die absolute Negation und das negierende Absolute. Ein toter Astronaut, umringt von den Wundern des Nichts, in dessen längst verloschenem Blick ein Abglanz dessen aufscheint, was nur die schauen, die ihre Augen ewig nicht schließen.

Anmerkungen*

1 Epikur, *Brief an Menoikeus*, in: ders., *Ausgewählte Schriften*, Stuttgart 2010, S. 1–9, hier S. 4.

2 Marcus Steinweg, *Evidenzterror*, Berlin 2015, S. 39.

3 Joseph Ratzinger, *Einführung in das Christentum*, München 2005 [1968], S. 299.

4 Der Ausdruck ist W. G. Sebald entlehnt, der in einem Aufsatz über die Bilder Jan Peter Tripps die Frage aufwirft, ob die Malerei etwas anderes sei als »eine Art von Prosekturgeschäft angesichts des schwarzen Todes und der weißen Ewigkeit«. W. G. Sebald, *Logis in einem Landhaus*, Frankfurt/M. 2000, S. 182.

5 Die Kindheit zu erkunden kommt für Nabokov »nahezu der Erkundung der eigenen Ewigkeit« gleich. Vladimir Nabokov, *Erinnerung, sprich. Wiedersehen mit einer Autobiographie*, Reinbek bei Hamburg 1991 [1966/67], S. 22.

6 Vgl. Hermann Kappelhoff, *Matrix der Gefühle. Das Kino, das Melodrama und das Theater der Empfindsamkeit*, Berlin 2004, S. 322.

7 Vgl. J. Laplanche, J.-B. Pontalis, *Das Vokabular der Psychoanalyse*, Frankfurt/M. 1973, S. 575.

8 H. P. Lovecraft, *Supernatural Horror in Literature*, New York 2000 [1927/33–35], S. 22 f. Auf Deutsch wird »the true weird tale« unterschied-

* Zitate wurden, wenn nicht anders angegeben, vom Verfasser übersetzt.

lich wiedergegeben. In der Neuübersetzung von Alexander Pechmann heißt es schlicht: »die echte unheimliche Erzählung«; Michael Koseler versuchte es zwanzig Jahre zuvor mit einem Doppeladjektiv und schrieb: die »echte unheimlich-übernatürliche Erzählung«. Aufgrund der Tatsache, dass die Begriffsgeschichte des »Unheimlichen« eng mit psychoanalytischen Interpretamenten verknüpft ist, kann man an beiden Varianten nicht recht froh werden. Da der Ausdruck »the weird« in seinen Bedeutungsnuancen letztlich unübersetzbar bleibt, bediene ich mich mitunter des englischen Originals. Vgl. H. P. Lovecraft, *Das übernatürliche Grauen in der Literatur*, Berlin 2014, S. 38; H. P. Lovecraft, *Die Literatur der Angst. Zur Geschichte der Phantastik*, Frankfurt/M. 1995, S. 11.

9 Eugene Thacker, *Im Staub dieses Planeten. Horror der Philosophie*, Berlin 2020, S. 131 f.

10 Für Noël Carroll etwa ist das Monster vor allem auch kognitiv bedrohlich: Es passe nicht in unsere gewohnten Schemata (lebendig/tot, belebt/unbelebt, Mensch/Tier); daher sei es »unrein« und die Konfrontation mit ihm rufe Angst und Ekel hervor. Vgl. Noël Carroll, *The Philosophy of Horror, or Paradoxes of the Heart*, London 1990, S. 27–35.

11 Mark Fisher weist darauf hin, dass von Freuds Begriff des Unheimlichen ein »Bann« ausging, der dafür sorgte, dass »Phänomene« des Fantastischen die längste Zeit kaum jenseits der genannten Inversionen gedacht und konzipiert

wurden. Vgl. Mark Fisher, *Das Seltsame und das Gespenstische*, Berlin 2017, S. 8 ff.

12 Aus meiner Sicht nehmen sich Meyers Kreationen deutlich weniger abstrus aus, wenn man ihren Platz in der Ahnengalerie des Vampirs betrachtet. Vgl. Daniel Illger, »Strahlende Schwärze. Vampirliebe im 21. Jahrhundert«, in: Jennifer Henke u. a. (Hg.), *Hollywood Reloaded. Genrewandel und Medienerfahrung nach der Jahrtausendwende*, Marburg 2013, S. 96–111.

13 Hermann Kappelhoff entwickelt einen solchen theoretischen Ansatz am Kriegsfilm, lässt aber keinen Zweifel daran, dass er Genre allgemein – eine dynamische, steten Wandlungen unterworfene, nicht stillstellbare Kraft in der Geschichte poetischen Machens – zu konzeptualisieren sucht. Als historisch eingrenzbares System, wie etwa das Genrekino Hollywoods, umfasst es »Verzweigungen und Ausdifferenzierungen unterschiedlicher Modi filmischer Erfahrung [...], in denen unterschiedliche Erfahrungsbereiche der geteilten Wirklichkeit entworfen, überprüft und neu vermessen werden«. Deshalb stellen Genres, und zwar medienübergreifend, nichts anderes dar »als je spezifische Arrangements unterschiedlichster Erfahrungsmodi und Ausdrucksmodalitäten, die immer als Refigurationen, d. h. als Verschiebungen und Brüche der etablierten Formen poetischen Machens, zu fassen sind.« Hermann Kappelhoff, *Genre und Gemeinsinn. Hollywood zwischen Krieg und Demokratie*, Berlin, Boston 2015, S. 147.

14 Vielleicht haben Popularität und Abgeschmacktheit des Vampirs damit zu tun, dass der Sex, als Perpetuum mobile von Skandal und Skandälchen, den westlichen Gesellschaften schon längst dazu dient, sich der eigenen *Libertinage* zu versichern. Und wie so oft besteht die Vermutung, dass den affirmierenden Selbstbeschreibungen umso weniger eine Wirklichkeit entspricht, je mehr von ihnen die Rede ist.

15 Die Verbindungen zum verschwörungstheoretischen Weltbild sind hingegen weniger ausgeprägt, als man vielleicht meinen könnte. Unter anderem liegt das daran, dass der Kosmische Horror mindestens eine Grundannahme von Verschwörungstheorien systematisch negiert, jene nämlich, »dass Menschen den Verlauf der Geschichte ihren Intentionen entsprechend lenken können, Geschichte also planbar ist«. Vgl. Michael Butter, *»Nichts ist, wie es scheint«. Über Verschwörungstheorien*, Berlin 2018, S. 40–44, hier S. 40.

16 Graham Harman, *Weird Realism. Lovecraft and Philosophy*, Winchester, Washington 2012, S. 24.

17 Harman, *Weird Realism*, S. 25.

18 Für den Zusammenhang zwischen der *true weird tale* und dem Spekulativen Realismus im Allgemeinen vgl. Jonathan Newell, *A Century of Weird Fiction, 1832–1937: Disgust, Metaphysics and the Aesthetics of Cosmic Horror*, Cardiff 2020, S. 7–11.

19 Vgl. Harman, *Weird Realism*, S. 33–37.

20 Was wiederum nichts daran ändert, dass der Cthulhu-Mythos in seiner popularisierten Form –

die auf August Derleth zurückzuführen ist – den künstlerischen Absichten und der philosophischen Haltung Lovecrafts grundlegend widerspricht. Vgl. Robert M. Price, »Lovecraft's ›Artificial Mythology‹«, in: S. T. Joshi, David E. Schultz (Hg.), *An Epicure in the Terrible. A Centennial Anthology of Essays in Honor of H. P. Lovecraft*, New York 2011, S. 259–268.

21 In seiner Auseinandersetzung mit Charlotte Perkins Gilmans Erzählung »Die gelbe Tapete« (»The Yellow Wallpaper«, 1892) kommt Johannes Binotto zu Schlussfolgerungen, die sich – der Sache, nicht der theoretischen Begründung nach – bezogen auf den Kosmischen Horror verallgemeinern lassen: »Die gelbe Tapete« formiere einen Diskurs, der »diese Binarität der Diskurse [im Fall von Gilmans Erzählung also den Konflikt zwischen männlichen und weiblichen Positionierungen] unterläuft, um stattdessen einen Diskurs zu präsentieren, der in sich widersprüchlich und nicht mit sich selbst identisch ist«. Johannes Binotto, *TAT/ORT. Das Unheimliche und sein Raum in der Kultur*, Zürich, Berlin 2013, S. 133 f.

22 Thomas Macho schreibt: »Vielleicht müssen wir folgenden Schluß akzeptieren. Der Todesbegriff ist eigentlich ein leerer Begriff, ein Begriff, dem keine Anschauung korrespondiert; ein ›flatus vocis‹ für ein Ereignis, das wir nicht verstehen und niemals werden verstehen können. Nach der Bedeutung des Todesbegriffs gefragt, müssen wir schweigen. ›Tod‹ heißt alles und nichts; es bleibt nämlich offen, was alles gemeint sein

kann, wenn vom Tod gesprochen wird. Der Tod hat keine bestimmte Bedeutung, die sich philosophisch auszeichnen ließe gegenüber der möglichen Bedeutungsvielfalt, die jedem Begriff in verschiedenen Sprachspielen zukommen mag.« Thomas Macho, *Todesmetaphern. Zur Logik der Grenzerfahrung*, Frankfurt/M. 1987, S. 181. Die Kosmische Angst hat kein Problem, dergleichen zu akzeptieren. Sie weiß, dass alle Metaphern schief und alle Allegorien abgegriffen sind, wenn es um den Tod geht. Auch darum redet sie nie von dem Tod, den man stirbt, sondern immer nur von dem Tod, den man nicht stirbt. Insofern ist die Bedeutungslosigkeit des Todes die Voraussetzung ihrer eigenen »Sprachspiele«. Es geht ihr nämlich weniger um den gefürchteten oder ersehnten als vor allem um den neugierig bestaunten Tod. Freilich ist das eine widersinnige Neugier, der noch das Nichts als Kuriosum gilt.

23 Vgl. H. P. Lovecraft, »Notes on Writing Weird Fiction« [1933/1937], in: ders., *Collected Essays. Volume 2: Literary Criticism*, New York 2004, S. 175–178, hier S. 176.

24 Vgl. Lovecraft, »Notes on Writing Weird Fiction«, S. 176.

25 Lord Dunsany, »The Land of Time«, in: ders., *Time and the Gods*, London 2000 [1906], S. 72–80, hier S. 74.

26 Lovecraft, »Notes on Writing Weird Fiction«, S. 176.

27 Thomas Morsch, »Die wilden Materialitäten des ›Großen Außen‹: Spekulative Filmästhetik nach

Meillassoux, Bennett & Harman«, unveröffentlichtes Vortragsmanuskript [2019], S. 2.

28 Morsch erläutert, dass Quentin Meillassoux mit dem Begriff »Korrelationismus« all das bezeichnet, »was, bei allen Unterschieden, in Augen aller SR Vertreter in der Philosophie seit der, wie es so schön heißt, ›*Katastrophe Kant*‹ schiefgelaufen ist, durch die das Denken auf den Horizont des Menschlichen zurückgetrimmt wurde und die Welt nur noch in ihrer Existenz für das menschliche Denken als Gegenstand der Philosophie Akzeptanz fand«. Vgl. Morsch, »Die wilden Materialitäten des ›Großen Außen‹«, S. 2 f.

29 Lovecraft, *Das übernatürliche Grauen in der Literatur*, S. 39.

30 Ebd., S. 38.

31 Ebd., S. 34. Modifizierte Übersetzung.

32 Völlig zu Recht betont Mark Fisher, dass »weder *Spannung* noch *Angst* zu den Kennzeichen von Lovecrafts Literatur gehören«. Fisher, *Das Seltsame und das Gespenstische*, S. 19. Kosmische Angst hat freilich wenig mit dem gemein, was man üblicherweise unter Angst versteht. Für Fisher ist in Lovecrafts Erzählungen eine »Faszination« am Werk, die »eine Form von Jacques Lacans *jouissance*« darstellt; ein »Genuss« also, »der sich durch die Untrennbarkeit von Lust und Schmerz auszeichnet«. Ebd., S. 19 f. Zumindest, was die paradoxe Affektstruktur betrifft, ähnelt dieser Genuss der Kosmischen Angst.

33 Lovecraft, *Das übernatürliche Grauen in der Literatur*, S. 37 f. Die Übersetzung ist hier etwas

unglücklich, da Lovecraft offenkundig nicht nur die Handlung im Blick hat, wenn er vom »formalism« der konventionellen Geistergeschichte spricht. Vgl. Lovecraft, *Supernatural Horror in Literature*, S. 22.

34 Newell drückt es so aus: »Ecstasy, bliss, jouissance, the abcanny, the ecological sublime, the sublate – weird fiction relies on a version of a peculiar affect that mingles disgust and horror with awe and wonder to impart a sense, however fleeting, of the absolute beyond, the bizarre, often horrifying reaches of unplumbed space.« Newell, *A Century of Weird Fiction*, S. 202. Bei diesem »peculiar affect« handelt es sich meines Erachtens um Kosmische Angst.

35 Lovecraft, *Das übernatürliche Grauen in der Literatur*, S. 38. Modifizierte Übersetzung.

36 Es wäre vielversprechend, die Kosmische Angst in Hinblick auf das Medium Videospiel zu untersuchen – vor allem, was die Möglichkeiten der Modulation von Subjektpositionen betrifft, welche auch die Verwobenheit von Spielenden und Spielwelt inkludieren. Woanders habe ich zumindest begonnen, die genannten Zusammenhänge zu untersuchen. Vgl. Daniel Illger, *Grüne Sonnen. Poetik und Politik der Fantasy am Medium Videospiel*, Berlin, Boston 2020, S. 78–111. Ebenso wäre es sicherlich ein lohnenswertes Unterfangen, der Kosmischen Angst in musikalischen Gestaltungen nachzuspüren, beispielsweise in Zwölftonkompositionen, Dark Ambient, Drone Doom oder Black Metal. Dasselbe gilt schließ-

lich für die Frage, wie die Kosmische Angst in den bildenden Künsten auftritt, also etwa bei Giovanni Battista Piranesi, M. C. Escher oder H. R. Giger.

37 Lovecraft schreibt: »The colour, which resembled some of the bands in the meteor's strange spectrum, was almost impossible to describe; and it was only by analogy that they called it colour at all.« H. P. Lovecraft, »The Colour Out of Space« [1927], in: ders., *The Call of Cthulhu and Other Weird Stories*, London u. a. 1999, S. 170–199, hier S. 175 f.

38 Fisher bringt es auf eine prägnante Formel: »Die Kraft von Lovecrafts Erzählungen«, so schreibt er, »hängt von der *Differenz* zwischen dem Irdisch-Empirischen und dem Außen ab.« Fisher, *Das Seltsame und das Gespenstische*, S. 23.

39 Leider neigen die meisten Lovecraft-Interpretationen in audiovisuellen Medien dazu, derartigen Denkproblemen eher auszuweichen, was mit den Erfordernissen der bildlichen Konkretion zu tun haben mag. Zwar konnten Dario Argento und Lucio Fulci – namentlich in ihren Arbeiten der 1970er- und frühen 1980er-Jahre – wiederholt unter Beweis stellen, dass es eine phantasmagorische Splatterästhetik gibt, die, im Verbund etwa mit narrativer Disjunktion sowie einer halluzinatorischen Farb- und Tongestaltung, ganz eigene Formen der Inkommensurabilität freisetzen kann. Doch selbst ein Regisseur wie Richard Stanley, der dem Andersweltlichen hingebungsvoll zugetan ist, hat in *Die Farbe aus dem*

All (*Color Out of Space*, MAL/P/USA 2019) große Schwierigkeiten, den Konventionen des kinematografischen Horrors eine Idee von Kosmischer Angst abzutrotzen. Filme wie George Moorses fürs westdeutsche Fernsehen produzierter *H. P. Lovecraft: Schatten aus der Zeit* (BRD 1975), die den Abstraktionen ihrer Vorlage mit einer avantgardistischen Experimentierfreude antworten, müssen ohnehin als Kuriositäten gelten.

40 David E. Schultz, »From Microcosm to Macrocosm: The Growth of Lovecraft's Cosmic Vision«, in: S. T. Joshi, David E. Schultz (Hg.), *An Epicure in the Terrible. A Centennial Anthology of Essays in Honor of H. P. Lovecraft*, New York 2011 [1991], S. 208–229, hier S. 215.

41 Lovecraft, *Das übernatürliche Grauen in der Literatur*, S. 37.

42 Lovecraft, »Notes on Writing Weird Fiction«, S. 177.

43 H. P. Lovecraft, *Selected Letters III 1929–1931*, Sauk City 1971, S. 295 f.

44 Lovecraft, *Das übernatürliche Grauen in der Literatur*, S. 38.

45 Lovecraft, »Notes on Writing Weird Fiction«, S. 177.

46 H. P. Lovecraft, »Some Notes on Interplanetary Fiction«, in: ders., *Collected Essays. Volume 2: Literary Criticism*, New York 2004, S. 178–182, hier S. 179.

47 Lovecraft, *Das übernatürliche Grauen in der Literatur*, S. 39.

48 Ebd.

49 S. T. Joshi, »Introduction«, in: S. T. Joshi, David E. Schultz (Hg.), *An Epicure in the Terrible. A Centennial Anthology of Essays in Honor of H. P. Lovecraft*, New York 2011[1991], S. 11–38, hier S. 11 f.

50 Vgl. Joshi, »Introduction«, S. 22–27. Hingegen scheint mir eher zweifelhaft, ob Lovecraft wirklich, wie ihm ebenfalls manchmal vorgeworfen wird, der Misogynie zuneigte.

51 Vgl. Joshi, »Introduction«, S. 26.

52 Vgl. S. T. Joshi, *The Weird Tale*, Holicong 1990, S. 175.

53 H. P. Lovecraft, »Nietzscheism and Realism« [1921], in: ders., *Collected Essays. Volume 5: Philosophy; Autobiography and Miscellany*, New York 2006, S. 69–72, hier S. 71.

54 Claude Ernoult, »Lovecraft und die Revolutionierung des Mythos«, in: Franz Rottensteiner (Hg.), *H. P. Lovecrafts kosmisches Grauen*, Frankfurt/M. 1997, S. 35–43, hier S. 40 u. S. 41.

55 Fritz Leiber jr., »Ein literarischer Kopernikus«, in: Franz Rottensteiner (Hg.), *H. P. Lovecrafts kosmisches Grauen*, Frankfurt/M. 1997, S. 44–59, hier S. 44 u. S. 48.

56 Ernest Hemingway, »Ein sauberes, gutbeleuchtetes Café« [1933], in: ders., *Die Stories*, Reinbek bei Hamburg 1977, S. 325–328, hier S. 328.

57 Vgl. Hemingway, »Ein sauberes, gutbeleuchtetes Café«.

58 Ray Brassier, »Solare Katastrophe: Die Wahrheit der Auslöschung«, in: Armen Avanessian, Björn Quiring (Hg.), *Abyssus Intellectualis*, Berlin 2013, S. 49–77, hier S. 66.

59 Ebd., S. 66 f.

60 Ebd., S. 70. Brassier entwickelt seine Gedanken unter Bezugnahme auf Lyotards Schrift *Das Inhumane*. Vgl. Jean-François Lyotard, *Das Inhumane. Plaudereien über die Zeit*, Wien 2004 [1989].

61 Brassier, »Solare Katastrophe«, S. 65.

62 Arthur Schopenhauer, *Die Welt als Wille und Vorstellung. Erster Band*, München, Zürich 1988 [1819], S. 525.

63 Ebd., S. 525.

64 Morsch erkennt bei Brassier neben einer »radikalen Abwertung von praktischem Alltagswissen«, einer »Reduktion des realitätsadäquaten Denkens auf begriffliche Rationalität« und einer »kompletten Ignoranz gegenüber jedweder Ästhetik und Alltagswahrnehmung« schließlich auch die Neigung zu einer »fast pathologischen und selbstdestruktiven Fetischisierung des naturwissenschaftlichen Wissens«. Vgl. Morsch, »Die wilden Materialitäten des ›Großen Außen‹«, S. 3 f.

65 Georges Bataille, *Die innere Erfahrung nebst Methode der Meditation und Postskriptum 1953. (Atheologische Summe 1)*, München 1999 [1954], S. 12.

66 Ebd., S. 53 u. 21.

67 Ebd., S. 13 u. 14.

68 Ebd., S. 14.

69 Ebd., S. 10 u. 11.

70 Ebd., S. 11.

71 E. M. Cioran, *Vom Nachteil, geboren zu sein*, Frankfurt/M. 1979, S. 125.

72 E. M. Cioran, *Die verfehlte Schöpfung*, Frankfurt/M. 1979 [1969], S. 17.

73 Cioran, *Vom Nachteil, geboren zu sein*, S. 104.

74 Cioran, *Die verfehlte Schöpfung*, S. 14.

75 Ebd., S. 54.

76 Ebd., S. 90.

77 Cioran, *Vom Nachteil, geboren zu sein*, S. 10.

78 Vgl. H. P. Lovecraft, *The Dream-Quest of Unknown Kadath [1927/1943]*, in: ders., *The Dreams in the Witch House and Other Weird Stories*, London u. a. 2004, S. 155–251, hier S. 243–251.

79 Cioran, *Die verfehlte Schöpfung*, S. 76.

80 Ebd., S. 76.

81 Eugene Thacker, *Starry Speculative Corpse. Horror of Philosophy Volume 2*, Winchester, Washington 2014, S. 14 f.

82 Vgl. ebd., S. 39 f.

83 Vgl. ebd., S. 40.

84 Vgl. ebd., S. 40 f.

85 Vgl. ebd., S. 42.

86 Ebd., S. 38.

87 Ebd.

88 Vgl. ebd., S. 19.

89 China Miéville, »Introduction. ›And yet‹: The Antinomies of William Hope Hodgson«, in: William Hope Hodgson, *The House on the Borderland and Other Novels*, London 2002, S. vii–ix, hier S. ix.

90 William Hope Hodgson, *The Night Land* [1912], in: ders., *The House on the Borderland and Other Novels*, London 2002, S. 307–637, hier S. 325.

91 William Hope Hodgson, *The House on the Borderland* [1908], in: ders., *The House on the Border-*

land and Other Novels, London 2002, S. 105–202, hier S. 180.

92 Michel Houellebecq, *Gegen die Welt, gegen das Leben*, Reinbek bei Hamburg 2007, S. 30.

93 Ebd., S. 31.

94 Ebd.

95 Ebd.

96 Vgl. ebd., S. 32.

97 Thomas Mann, *Mario und der Zauberer* [1930], in: ders., *Tonio Kröger / Mario und der Zauberer*, Frankfurt/M. 1996, S. 75–128, hier S. 119. Nicht zufällig stehen die zitierten Worte in einer Erzählung, die bis zu einem gewissen Grad als Allegorie auf den Faschismus verstanden werden will.

98 Albert Camus, *Der Mensch in der Revolte*, Reinbek bei Hamburg 1994 [1953], S. 38.

99 Vgl. ebd., S. 38 f.

100 Ebd., S. 39.

101 Ebd.

102 Wobei man vielleicht hinnehmen müsste, dass die Kakerlaken (und andere übliche Verdächtige) noch den gründlichsten atomaren Overkill überleben würden.

103 Vgl. Joshi, *The Weird Tale*, S. 170.

104 S. T. Joshi, »H. P. Lovecraft: Leben und Denken«, in: Franz Rottensteiner (Hg.), *H. P. Lovecrafts kosmisches Grauen*, Frankfurt/M. 1997, S. 12–34, hier S. 26.

105 Ebd., S. 26.

106 Ebd., S. 26 f. Modifizierte Übersetzung.

107 Ebd., S. 27. Modifizierte Übersetzung.

108 Vgl. ebd., S. 26.

109 H. P. Lovecraft, *Selected Letters II 1925–1929*, Sauk City 1968, S. 288 f. Übersetzung von Jürgen Sander. Vgl. Joshi, »H. P. Lovecraft: Leben und Denken«, S. 25.

110 Vgl. Richard Rorty, »Solidarity or Objectivity?«, in: Michael Krausz (Hg.), *Relativism. Interpretation and Confrontation*, Notre Dame 1989, S. 167–183, hier S. 177 u. 178.

111 Achille Mbembe, *Politik der Feindschaft*, Berlin 2017, S. 73.

112 Ebd., S. 66. u. S. 73.

113 Vgl. Walter Benjamin, »Der Sürrealismus«, in: ders., *Angelus Novus. Ausgewählte Schriften 2*, Frankfurt/M. 1966, S. 200–215, hier S. 213.

114 Patricia MacCormack, »Lovecraft's Cosmic Ethics«, in: Carl H. Sederholm, Jeffrey Andrew Weinstock (Hg.), *The Age of Lovecraft*, Minneapolis, London 2016, S. 199–214, hier S. 212.

115 Ebd., S. 209 f.

116 Ebd., S. 213.

117 Ebd.

118 Ebd.

119 Ebd., S. 211.

120 Rosi Braidotti, *Posthumanismus. Leben jenseits des Menschen*, Frankfurt/M. 2013, S. 19 u. S. 20.

121 Ebd., S. 21.

122 Ebd., S. 31. Allerdings lässt Braidotti die Frage zu, ob »ein Restbestand von Humanismus geistig, politisch und methodologisch unverzichtbar« sein könnte. Vgl. ebd., S. 41.

123 Vgl. ebd., S. 42.

124 In den deutschsprachigen Ausgaben von Braidottis Texten gibt es keine einheitliche Schreibweise des Begriffs; ich halte es mit der Übersetzung von *Posthumanismus*, da ich am häufigsten aus diesem Buch zitiere.

125 Ebd., S. 66.

126 Ebd.

127 Rosi Braidotti, *Politik der Affirmation*, Berlin 2018, S. 14 f.

128 Ebd., S. 22 u. 31.

129 Ebd., S. 31.

130 Ebd., S. 65.

131 Ebd., S. 30 u. S. 52.

132 Vgl. ebd., S. 33

133 Braidotti, *Posthumanismus*, S. 117.

134 Braidotti, *Politik der Affirmation*, S. 41.

135 Braidotti, *Posthumanismus*, S. 111.

136 Ebd., S. 137.

137 Vgl. ebd.

138 Vgl. ebd., S. 139.

139 Ebd., S. 99.

140 Ebd.

141 Siegfried Kracauer, *Theorie des Films. Die Errettung der äußeren Wirklichkeit*, Frankfurt/M. 1985 [1960], S. 396.

142 Ebd.

143 Auch Kracauer zieht diese Verbindung: »Wenn wir die Reihen der Kalbsköpfe oder die Haufen gemarterter menschlicher Körper in Filmen über Nazi-Konzentrationslager erblicken – und das heißt: erfahren –«, schreibt er, »erlösen wir das Grauenhafte aus seiner Unsichtbarkeit

hinter den Schleiern von Panik und Fantasie.« Ebd.

144 Ebd., S. 401.

145 Ebd.

146 Arthur Machen mag nicht der Erste gewesen sein, der zu diesem Bild griff, doch gebrauchte er es wiederholt und gerne – am prominentesten vielleicht in seiner Erzählung »Der Schrecken« (»The Terror«, 1907). In dieser Erzählung ist es Dr. Lewis, der sich eines Nachts, und zwar in seinem eigenen Garten, mit einem »two-sided triangle« konfrontiert sieht: »He looked down towards the trees in the garden, and saw with utter astonishment that one had changed its shape in the few hours that has passed since the setting of the sun. There was a thick grove of ilexes bordering the lowest terrace, and above them rose one tall pine, spreading its head of sparse, dark branches dark against the sky. As Lewis glanced down over the terraces he saw that the tall pine tree was no longer there. In its place there rose above the ilexes what might have been a greater ilex; there was the blackness of a dense growth of foliage rising like a broad and far-spreading and rounded cloud over the lesser trees.« Arthur Machen, »The Terror« [1907], in: ders., *The Terror and Other Stories. Volume 3 of the Best Weird Tales of Arthur Machen*, Hayward 2005, S. 1–106, hier S. 35. Die Erzählung spielt vor dem Hintergrund des Ersten Weltkriegs, und im Verlauf des Geschehens stellt sich heraus, dass es sich bei dem unmöglichen Baum in

Wahrheit um einen gewaltigen Mottenschwarm handelt. Die Insekten haben sich, ebenso wie alle anderen Tiere, in einem mörderischen Aufstand gegen die Menschen erhoben – eine Erklärung, die sich sicherlich enttäuschend ausnimmt, gleicht man sie ab mit dem wuchtigen Bild des auf unerklärliche Weise schwebenden Baumes, der, wie Lewis später berichtet, obendrein bedeckt ist von geheimnisvollen Lichtern, als hätten sich Sterne im Blattwerk verbreitet. Die eigentliche Pointe von »Der Schrecken« besteht aber weniger im Faktum der animalischen Rebellion als solcher, sondern in dem Umstand, dass die Tiere überhaupt *in der Lage sind*, sich derart organisiert, geplant und zielgerichtet zu verhalten: Schafe, Rinder, Pferde, Ratten – sie alle sind Soldaten im Krieg gegen die Menschen. Wenn sich aber unser ganzes vermeintliches Wissen über die Tiere als aberwitzige Fehlkonstruktion und Missinterpretation entpuppt – was sonst mögen wir völlig falsch verstanden haben, bezogen auf die Welt, in der wir leben?

147 Der Umstand, dass es unterdessen möglich ist, *Eine Reise durch die Zeit* in unserer Alltagswirklichkeit zu kaufen und zu lesen, wird den Effekt wohl eher schmälern, da ein Buch, das man auf den Wohnzimmertisch legen, mit Kaffeeflecken verunzieren und gegebenenfalls gelangweilt zur Seite legen kann, eben ein Ding unter tausend anderen ist.

148 Cioran, *Die verfehlte Schöpfung*, S. 111.

149 Braidotti, *Posthumanismus*, S. 75.

150 Vgl. Lovecraft, *Supernatural Horror in Literature*, S. 73.

151 Ebenso wäre es geraten, den Zusammenhang zwischen der Kosmischen Angst und der »Alice-Maschine« eingehender zu untersuchen. Bei dieser handelt es sich um einen ästhetischen Modus, der – vom viktorianischen Nonsens herkommend – Unruhe in der Populärkultur stiftet und die Rezipientinnen dabei auf lustvoll-verstörende Weise an die Grenzen des Denkens führt. Vgl. Christine Lötscher, *Die Alice-Maschine. Figurationen der Unruhe in der Populärkultur*, Stuttgart 2020.

152 Wolfgang Kayser, *Das Groteske. Seine Gestaltung in Malerei und Dichtung*, Tübingen 2004 [1957], S. 31 f.

153 Ebd., S. 198.

154 Vgl. ebd., S. 38.

155 Ebd., S. 199.

156 Ebd.

157 Rudolf Otto, *Das Heilige. Über das Irrationale in der Idee des Göttlichen und sein Verhältnis zum Rationalen*, München 2014 [1917/1936], S. 8.

158 Ebd.

159 Ebd.

160 Ebd.

161 Ebd., S. 76.

162 Ebd.

163 Ebd., S. 76 f.

164 Vgl. Braidotti, *Posthumanismus*, S. 141.

165 Otto, *Das Heilige*, S. 35.

166 Ebd., S. 51.

167 Thorsten Dietz, »Zur theologischen Deutung von Furcht und Angst«, in: Hermann Kappelhoff u. a. (Hg.), *Emotionen. Ein interdisziplinäres Handbuch*, Stuttgart 2019, S. 150–154, hier S. 153.

168 Eva Horn, »Ästhetik«, in: Eva Horn, Hannes Bergthaller, *Anthropozän. Zur Einführung*, Hamburg 2020, S. 123.

169 Hans Richard Brittnacher, *Ästhetik des Horrors. Gespenster, Vampire, Monster, Teufel und künstliche Menschen in der phantastischen Natur*, Frankfurt/M. 1994, S. 60.

170 Ebd., S. 61 u. S. 57.

171 Vgl. Horn, »Ästhetik«, S. 124.

172 Ebd.

173 Die Kritik, die Andreas Malm am Begriff »Anthropozän« übt – er sei in der Tendenz sowohl ahistorisch als auch unpolitisch –, ist zweifellos bedenkenswert. Stattdessen schlägt Malm »Kapitalozän« vor. Vgl. Andreas Malm, *Der Fortschritt dieses Sturms. Natur und Gesellschaft in einer sich erwärmenden Welt*, Berlin 2021.

174 Horn, »Ästhetik«, S. 126.

175 Ebd.

176 Ebd.

177 Sigmund Freud, *Das Unbehagen in der Kultur*, in: ders., *Gesammelte Werke. Band XIV. Werke aus den Jahren 1925–1931*, Frankfurt/M. 1999 [1930], S. 419–506, hier S. 450 f.

178 Ebd., S. 451.

179 Ebd., S. 450.

180 Mbembe, *Politik der Feindschaft*, S. 74 f. Die Richtigkeit von Mbembes Analyse wird da-

durch, dass das Projekt »›des großen Loswerdens‹« auch eine progressive Variante kennt, nicht gemindert; im Gegenteil verschärft dieser Umstand die diagnostische Härte und Bitterkeit seiner Beobachtung. Es ist ein Problem der Linken, dass sie sich des Ganges der Geschichte und ihrer eigenen Rolle darin mitunter allzu gewiss ist; in einer Zeit, die so sehr unter Rigidität des Denkens und moralistischen Verblendungen leidet, wie es die unsere nach meiner Einschätzung tut, birgt das insbesondere die Gefahr eines politischen Messianismus, der Reinheit und Absolutheit erstrebt.

181 Andreas Bähr, »Zu den kulturellen Funktionen von Furcht und Angst«, in: Hermann Kappelhoff u. a. (Hg.), *Emotionen. Ein interdisziplinäres Handbuch*, Stuttgart 2019, S. 155–159, hier S. 159.

182 Maurice Blanchot, »Der Augenblick meines Todes«, in: Jacques Derrida, *Ein Zeuge von jeher. Nachruf auf Maurice Blanchot / Maurice Blanchot, Der Augenblick meines Todes*, Berlin 2003, S. 31–39, hier S. 34.

183 Blanchot, »Der Augenblick meines Todes«, S. 38.

184 Jacques Derrida, »Ein Zeuge von jeher. Nachruf auf Maurice Blanchot«, in: Jacques Derrida, *Ein Zeuge von jeher. Nachruf auf Maurice Blanchot / Maurice Blanchot, Der Augenblick meines Todes*, Berlin 2003, S. 5–29, hier S. 21.

185 Friedrich Ani, *Der namenlose Tag*, Berlin 2015, S. 46.

186 Einer der, ein bisschen wie das Opfer von Füsslis Nachtmahr, hingestreckt liegt auf einem Bett von Nichts, mit hängendem Arm und seitlich gedrehtem Kopf.

187 Eric Voegelin, *Realitätsfinsternis*, Berlin 2010, S. 59.

188 In Wirklichkeit, das heißt in Arhur C. Clarkes Romanen, geht die Geschichte anders weiter. *3001: The Final Odyssey* erzählt, wie Franks Leiche ein Jahrtausend nach seinem Tod geborgen und dank avancierter medizinischer Techniken wiederbelebt wird. Aber wie wir gesehen haben, neigt die Kosmische Angst dazu, recht freihändig mit der Wirklichkeit – auch jener von Filmen und Büchern – zu verfahren.

189 Vgl. Kappelhoff, *Genre und Gemeinsinn*, S. 5.

Namensregister

Erste Auflage Berlin 2021

MSB Matthes & Seitz Berlin
Verlagsgesellschaft mbH
Göhrener Str. 7 | 10437 Berlin
info@matthes-seitz-berlin.de

Satz: Monika Grucza-Nápoles, Berlin
Druck und Bindung: Art-Druck, Szczecin
Umschlaggestaltung nach einer Idee
von Pierre Faucheux
ISBN: 978-3-7518-0522-3
www.matthes-seitz-berlin.de